鋼

Character

周防勇斗《すおうゆうと》

現代からユグドラシルに
や複数の氏族を従える

志百家美月《しもやみつき》

勇斗の最愛の幼馴染。自らの
決意でユグドラシルの住人と
なる。

フェリシア

と義妹の契りを結んだ
の従者》のルーンを持つ

ークルーネ

斗の義妹で武人。《月を食ら《ハティ》
う狼》のルーンと「最も強き銀《マーナガルム》
狼」の称号を持つ。

クリスティーナ & アルベルティーナ

《爪》の宗主の娘で、勇斗と盃
を交わした双子のエインヘリア
ル。《鋼》風の妖精団座長。

百錬の覇王と聖約の戦乙女《ヴァルキュリア》 21

鋼

リネーア
勇斗の妹分。内政を司る《角》の宗主兼《鋼》の若頭。

ヒルデガルド
《狼をくらうもの《ウールフヘジン》》のエインヘリアル。ルーネの指導のもと成長中。

イングリット
《剣戟を生む者《イーヴァルディ》》のルーンを持つ、《鋼》の工房の長で勇斗の義娘。

フヴェズルング
《千幻の道化師《アルスィオーヴ》》のルーンを持つ仮面の男。正体はフェリシアの兄ロプト。

織田《おだ》信長《のぶなが》
ユグドラシルに召喚された戦国最強の武将。《炎》の宗主として大陸の覇権を狙う。

ホムラ
信長の娘にして、双紋のエインヘリアル。現在さらなる成長中。

ラン
信長の無二の家臣。信長をかばい戦死する。

炎

百錬の覇王と聖約の戦乙女《ヴァルキュリア》21

鷹山誠一

HJ文庫
882

口絵・本文イラスト　ゆきさん

contents

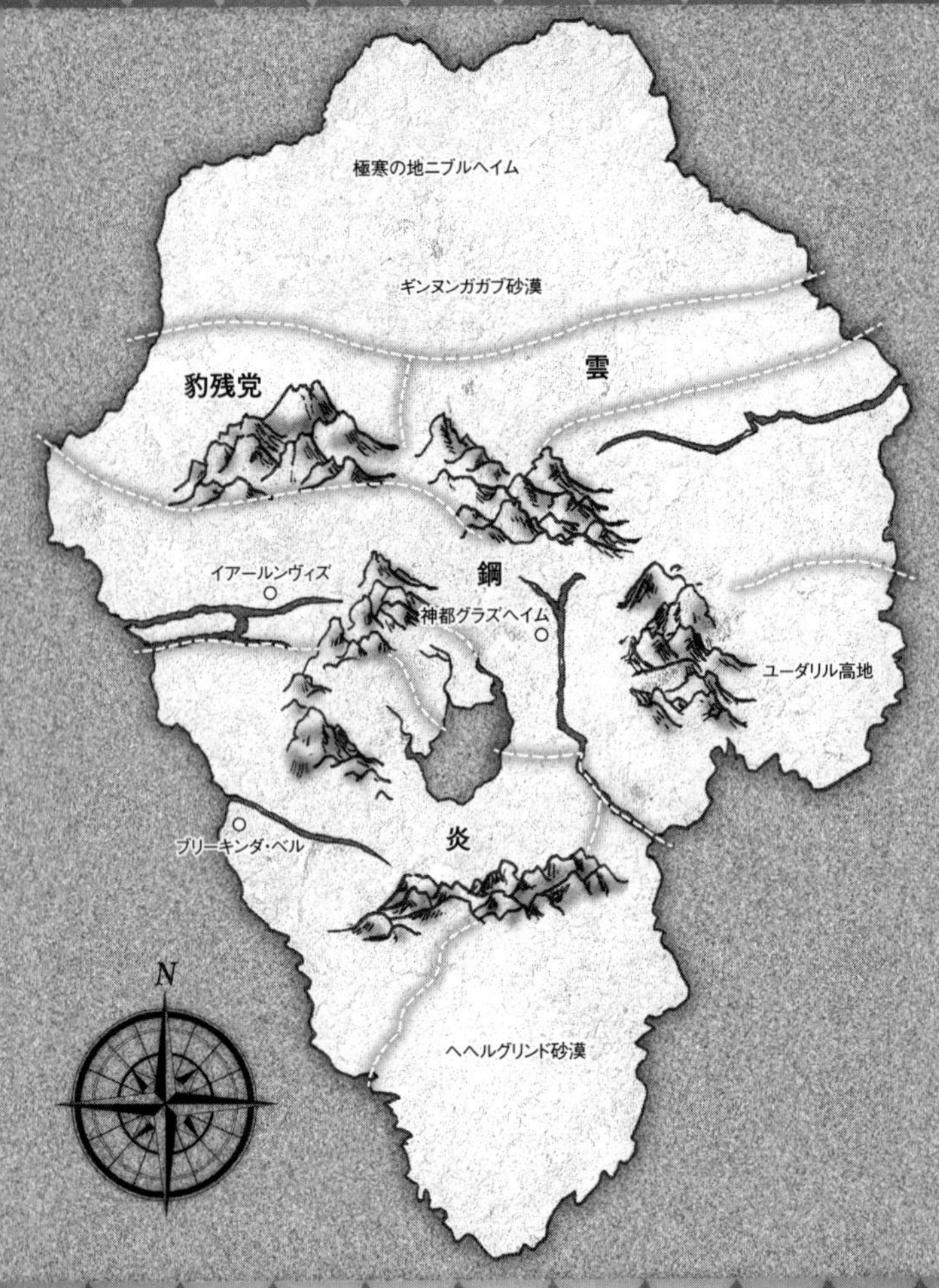
極寒の地ニブルヘイム
ギンヌンガガブ砂漠
豹残党
雲
イアールンヴィズ
鋼
神都グラズヘイム
ユーダリル高地
ブリーキンダ・ベル
炎
N
ヘヘルグリンド砂漠

《鋼》組織図

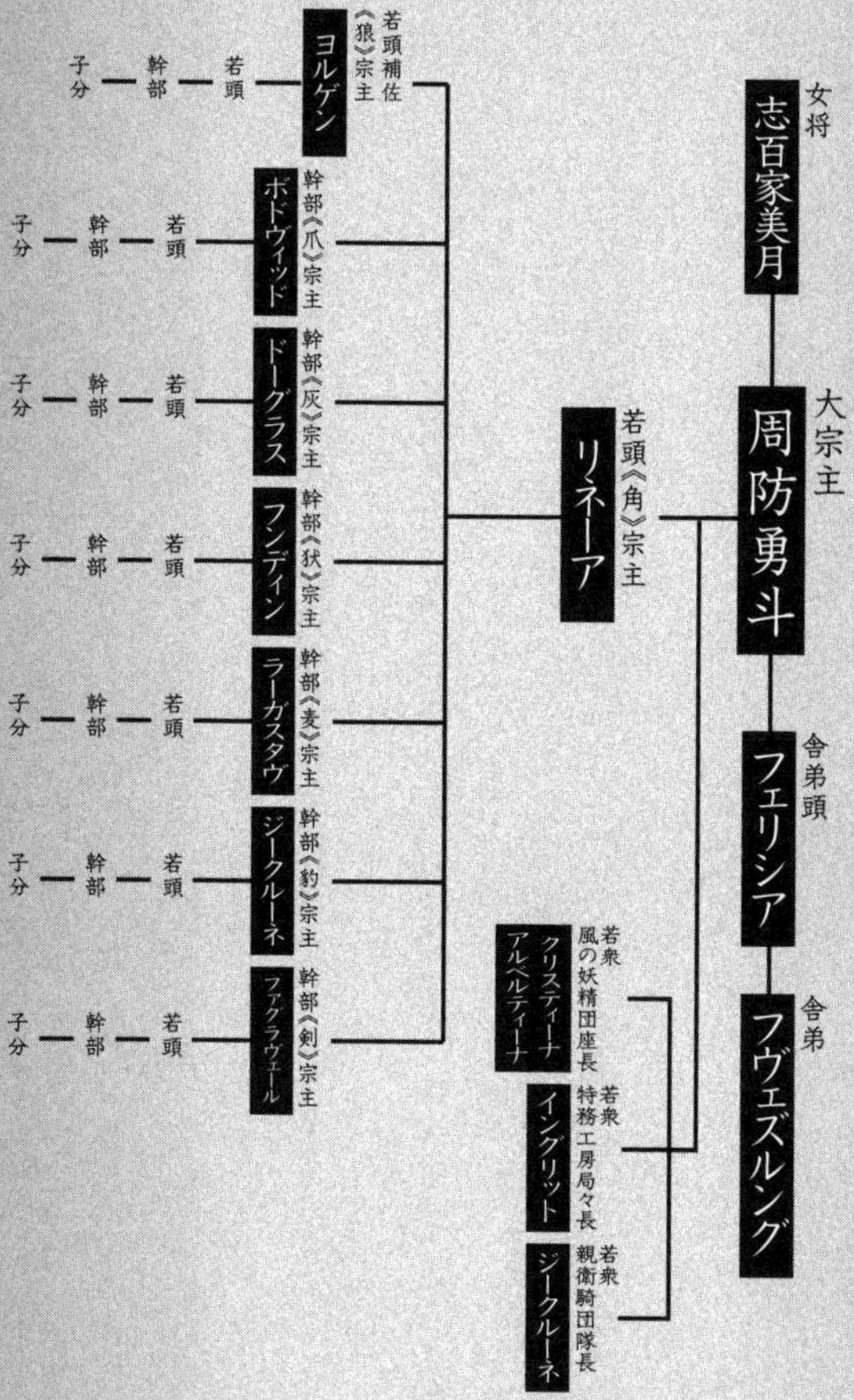
女将
志百家美月
大宗主
周防勇斗
舎弟頭
フェリシア
舎弟
フヴェズルング
若頭《角》宗主
リネーア
若衆
風の妖精団座長
クリスティーナ
アルベルティーナ
若衆
特務工房局々長
イングリット
若衆
親衛騎団隊長
ジークルーネ
若頭補佐
《狼》宗主
ヨルゲン
若頭
幹部
子分
幹部《爪》宗主
ボドヴィッド
若頭
幹部
子分
幹部《灰》宗主
ドーグラス
若頭
幹部
子分
幹部《狄》宗主
フンディン
若頭
幹部
子分
幹部《麦》宗主
ラーガスタヴ
若頭
幹部
子分
幹部《豹》宗主
ジークルーネ
若頭
幹部
子分
幹部《剣》宗主
ファクラヴェール
若頭
幹部
子分

PROLOGUE

「これよりグラズヘイムに総攻撃《そうこうげき》をかける」

軍議の席上、信長は諸将の前に現れるやいなや、そう宣言する。

《鋼《はがね》》との戦いで、五大軍団長の内の実に二人、『不死身の小鬼《ファフニール》』ヴァッサーファルと、股肱《ここう》の寵臣《ちょうしん》ランを失ったまだ翌日のことである。

これにはさしもの歴戦の《炎《ほのお》》の将軍たちも揃《そろ》って、驚《おどろ》きに目を剥《む》いた。

冗談《じょうだん》かと皆《みな》が疑い、信長の形相と声に本気であることを瞬時《しゅんじ》に理解し、さーっとその顔を青ざめさせる。

「お、お待ちください、大殿《おおとの》！　これまでの戦いの結果を見ても、グラズヘイムは《鋼《はがね》》の名にふさわしいまさに鉄壁《てっぺき》の城塞《じょうさい》でございます。力任せに攻《せ》めたところで、我らの被害《ひがい》が増えるのみ。もちろん何か策がおありなのですよね？」

将軍の一人が進み出て、勇敢《ゆうかん》にも問う。

これまで大胆《だいたん》でありながら、慎重極《しんちょうきわ》まりなく、勝つべくして勝ってきた信長である。

将軍の地位にある彼《かれ》がそれを知らぬはずもない。

普段《ふだん》の信長であったならば、まず問わなかっただろう。

今の信長は明らかに冷静には見えなかった。

「策、じゃとぉ？」

「は、はい。ぜ、ぜひとも確認《かくにん》したく」

将軍の言葉が震《ふる》える。

信長の言葉に、明らかなイラつきがあったからだ。

「そんなものはない。力ずくで押《お》し入《い》るだけじゃ」

「なっ⁉」

今度こそ、将軍は絶句する。

彼自身が先に述べた通り、このグラズヘイムを力任せに攻めるのは愚策《ぐさく》以外の何物でもない。

被害がどれほどのものになるか想像もつかない。

しかも、である。

《炎《ほのお》》はここ数年で急速にその支配領域を拡大してきた。

この短期間では、新たな領土はまだ《炎《ほのお》》の支配が浸透《しんとう》しているとは言い難《がた》い。

圧倒的《あっとうてき》な力で押さえつけているのが現状だ。

ここで兵力を大幅《おおはば》に失えば、反抗《はんこう》勢力が一斉蜂起《いっせいほうき》し、《炎《ほのお》》はその勢力を一気に衰《おとろ》えさせかねない。

あまりに危険である。

是《ぜ》が非《ひ》でも諫言《かんげん》し、なんとか思いとどまってもらわねばならぬ。

「うっ……くっ……！」

だが、顔を上げられない。口が開かない。

呼吸することさえ、多大な労力を必要とした。

将軍はすでに信長に仕えて一〇年を数える古株であるが、これほどまでに怒気《どき》を露《あら》わにした主を見たのは初めてである。

普段もその覇気《はき》による圧力は猛獣《もうじゅう》を前にしたかのようであったが、今はそれさえそよ風と思えるほどの圧力があった。

蛇《へび》ににらまれたカエルのごとく、居竦《いすく》み、だらだらと脂汗《あぶらあせ》が流れ落ちるのみである。

なんとも情けない有様であったが、それでさえまだマシなほうであった。

ドサッ！　ドサッ！

その場に控《ひか》えていた諸将たちの何人かが御前《ごぜん》であるにもかかわらず倒《たお》れていく。

一様に胸を押さえ、その顔が青紫《あおむらさき》に染まっている。

恐怖《きょうふ》のあまり、過呼吸を起こしたのだ。

この場にいる者はそれぞれ幾多《いくた》の死線を潜《くぐ》り抜《ぬ》けてきた歴戦の強者《つわもの》たちのはずなのに、である。

「寝不足《ねぶそく》か。ちっ、弛《たる》みおって」

舌打ちとともに、信長が腰《こし》の刀を抜き放つ。

信長はとにかく手抜《てぬ》きを嫌《きら》う。主《あるじ》の前でのこの失態は、緊張感《きんちょう》がなさすぎると映ったのだろう。

違《ちが》う、と将軍は声を張り上げたかったが、口からはこひゅーこひゅーというおかしな音しか出ない。

将軍自身も意識が混濁《こんだく》してくる。

もはや信長の放つ圧は人のそれではなかった。

神、いや、憎悪《ぞうお》の炎に身をゆだねた魔王《まおう》がそこにはいた。

ACT 1

「わはははっ！《炎《ほのお》》など恐《おそ》るるに足らずよ！」

「槍《やり》でこう、バッタバッタと薙《な》ぎ倒してだな」

「我らが大宗主《レギンアーク》スオウユウト様に乾杯《かんぱい》！」

「「「「乾杯!!」」」」

ヴァラスキャールヴ宮殿《きゅうでん》のあちこちでは祝勝の宴《うたげ》が始まり、やんややんやと賑《にぎ》わっていた。

これまで散々、苦渋《くじゅう》を舐《な》めさせられていた《炎《ほのお》》相手に、ここにきての立て続けの勝利である。

しかも《炎《ほのお》》でも名将と名高い『不死身の小鬼《ファフニール》』を見事に討《う》ち取《と》り、《鋼《はがね》》の勝利の化《け》身《しん》とも言うべきジークルーネとその配下の親衛騎団《ムスッペル》との合流も果たせた。

酒は入っていなくても、それは皆、大いに盛り上がろうというものだった。

「いやぁ、火気厳禁と聞いてはいましたが、まさかいきなり空気が燃え出すたぁ夢にも思いませんでしたわ」

「ははっ、敵もさぞ驚いたろうな」

「ええ、そりゃあもう」

勇斗《ゆうと》もまた、幹部クラスが集《つど》う祝宴《しゅくえん》で、勝利の立役者の一人である《角《つの》》の将軍ハウグスポリと歓談《かんだん》に勤《いそ》しんでいた。

話題はもちろん、彼が参戦した先の戦いでの消毒用アルコールによる火計である。

敵との間にはかなりの距離《きょり》があったはずだが、しっかりその目に捉《とら》えていたらしい。

さすがは《鋼《はがね》》一の射手にして《白妖精《リョースアールヴ》》のエインヘリアル、とんでもない視力である。

「だが、驚いたのは俺《おれ》もだ。平衡錘投石器《トレビユシエット》で投げた水瓶《みずがめ》を次々と射抜《いぬ》いたと聞いたぞ。神業《かみわざ》だな」

「いやいや、大したことはなかったっすよ。聞いた時には無理無理って思いましたけど、実際にやってみたら飛んでる鳥を射落とすよりむしろ簡単でしたわ。円を描《えが》く軌道《きどう》は読みやすいっすからね」

こともなげに言って、恐縮《きょうしゅく》するようにハウグスポリは肩《かた》をすくめる。

だが、その表情はまんざらでもなさそうである。

「とりあえず、《鋼《はがね》》一の弓取りの座を返上しなくて済みそうでほっとしましたわ」

「ああ、二本差だったか」

「ええ、ルングの叔父貴《おじき》も、大した腕前《うでまえ》でしたが、ま、俺の敵じゃあなかったっすね」

ふふんっと得意げに、ハウグスポリは口《くち》の端《は》を吊《つ》り上《あ》げる。

仇敵《きゅうてき》だったフヴェズルングを打ち負かしたことが、実に痛快だったらしい。

このあたり、一番手に勝ちきれないのがフヴェズルングらしいと言えばらしいか。

「ハウグスポリ殿、陛下ばかりと話しておらず、我々にも話を聞かせてもらいたいですな」

「おおうっ⁉」

突如《とつじょ》、背後から首に腕《うで》を回され、ハウグスポリは驚いたような声をあげる。

とは言え、本気で驚いているわけではなく、空気を読んだ演技だ。

彼ほどの武人が、背後からの接近に気づかぬはずもない。

「陛下、こやつを借りていっても？」

ひげ面《づら》の厳《いか》つい男が問うてくる。

彼の名はフンディン。

申し訳程度に毛皮を着てはいるものの、筋骨隆々《りゅうりゅう》たる肉体を惜《お》しげもなく晒《さら》したいかにも山賊然《さんぞく》とした粗野《そや》な風貌《ふうぼう》だが、《狄《やまいぬ》》の宗主《パトリアーク》であり、れっきとした《鋼《はがね》》の最高幹部の一人である。

「ああ、だいたいの話は聞いた。持ってけ持ってけ。だが代わりに、いい加減、この宴の主役を返してもらいたいところだな？」

「おお、そうですな。彼女《かのじょ》も親父《おやじ》殿《どの》のそばに戻《もど》りたいところでしょう」

同意するように頷《うなず》いて、フンディンはハウグスポリを連れて人の輪の中へと消えていく。

その背中を見送り、

「ふうっ」

勇斗は肩を落とすと同時に、大きく息をつく。

籠城戦《ろうじょうせん》は息が詰《つ》まりやすい。

兵たちの不満発散と士気向上のため祝宴を開きこそしたが、勇斗個人としてはとても気を緩《ゆる》められる気分ではなかった。

確かに先の戦、勝つには勝った。

勝っただけでなく、《炎《ほのお》》の五大軍団長の一人、『不死身の小鬼』ヴァッサーファルを討ち取れたのは大きな戦果だ。

だが、損害も決して小さくはなかった。

死者こそ少なかったが、それなりの数の負傷者は出ている。

中でも痛いのがエルナとフレンの戦線離脱《りだつ》だ。

精鋭《せいえい》エインヘリアル集団『波の乙女《おとめ》』でも、突撃力《とつげき》では群を抜いていた二人である。

彼女らが前線に立つだけで、兵たちの士気の上がり方も違う。

今後の戦力減は否《いな》めなかった。

その上、虎《とら》の子の秘策であった高濃度《こうのうど》アルコールでの火計も使ってしまっている。

酒が燃えるということを知らなかったから、敵はのうのうと撒《ま》かれるのを許したのだ。

さすがにもう同じ手は二度と食わないだろう。

翻《ひるがえ》って、《炎《ほのお》》軍は北軍こそ壊滅《かいめつ》したものの、東軍、西軍、本隊がいずれも健在である。

北軍の敗残兵もいくらか吸収しているであろうから、未《いま》だその兵数は八万以上はあろう。

《鋼《はがね》》は三万余。しかもそのうち負傷者は三千。

依然《いぜん》、大勢は《鋼《はがね》》が圧倒的に不利と言わざるを得ない状況《じょうきょう》だったのだ。


「父上、お呼びとのことですが何か？」

思考に耽《ふけ》っていると、不意に上から懐《なつ》かしい声がした。

顔をあげると、銀色の髪《かみ》が視界で揺《ゆ》れる。

我知らず眉間《みけん》に寄っていたしわが緩む。

「おう、改めて、おかえり。よく帰ってきてくれた」

作り笑いではない、心底からの笑顔《えがお》で勇斗はジークルーネを迎《むか》える。

一応、すでに帰参の挨拶《あいさつ》を受けてはいたのだが、撤退《てったい》のばたばたと、祝宴でほとんど話す機会がなかったのだ。

だが、実に二ヶ月《かげつ》ぶりの再会である。

加えて、一時はケルムト河の氾濫《はんらん》に巻き込まれて行方《ゆくえ》不明にもなっていた。

勇斗としてはやはりきちんと心を込めて「おかえり」というやりとりをしたかったのだ。

「はい。ジークルーネ、ただいま戻りました」

ジークルーネも勇斗の意を察したらしく、ニコッと相好を崩《くず》し、嬉《うれ》しそうに返してくる。

普段とのギャップもあり、笑顔がなんともまぶしい。

最近の彼女は、以前より感情を表に出すようになった。

現時点でも『氷の華《はな》』『勝利の女神《めがみ》』と兵たちに絶大な支持を得ていると言うのに、これではさらに人気が出そうである。

「ああ、土産もありがとな。すげえ助かった」

土産《みやげ》とは、《炎《ほのお》》の五大軍団長の一人にして、先の戦いで勇斗たちと激戦を繰《く》り広《ひろ》げた北軍の総大将ヴァッサーファルの首のことである。

もはや兵だけでなく、勇斗にとっても彼女こそが勝利の女神そのものだった。

「わたしは『最も強き銀狼《マーナガルム》』として、当然の役目を果たしただけです」

「はは、当然、か。これが当然だったら、お前の後任はさぞ苦労するだろうな！」

まだ名も知らぬ後世の武人の大変さを想《おも》い、勇斗は笑《え》みをこぼす。

断言していいが、彼女と同じような真似《まね》は絶対にできまい。

しかも、大いに前任と比較《ひかく》されるだろう。

さすがに同情を禁じえない勇斗である。

「けどまあ、一番の土産は……」

そこで一旦《いったん》、勇斗は言葉を切り、ちょいちょいっとジークルーネを手で呼び寄せる。

ジークルーネも心得たように、その場に膝《ひざ》をつき、頭を寄せてくる。

勇斗はその頭にすっと手を置き、

「どんな大手柄《おおてがら》よりも、お前の無事な姿だよ！　よくやった！」

力いっぱい撫《な》でまわす。

それが彼女の生き様だと、仕方ないとわかっていながらも、本当は戦場の最前線になど送りたくないのだ。

今回は別行動だった上に、送り出す前は不調だったこともある。

喜びもひとしおだった。

だが、普段は勇斗に頭を撫でられると嬉しそうに表情をほころばすジークルーネが、今回に限っては浮《う》かない顔になる。

「……申し訳ありません。完全に無事、とは少々言い難いです」

「っ⁉　ど、どこか怪我《けが》をしたのか⁉」

勇斗は思わず目を剥く。

リネーアからは何度か伝書鳩《でんしょばと》による定期連絡《れんらく》を受けているが、そこにも書かれてはいなかった。

寝耳《ねみみ》に水《みず》とはこのことである。

「ええ、どうも右手が上手《うま》く動きません」

「利《き》き手《て》じゃないか！　斬《き》られたのか⁉」

「いえ、斬られたわけではないのですが、『神速の境地』の後遺症《こういしょう》でしょう」

「あれか……」

まさしく『神速』の名にふさわしい速度を得るが、使用後、全身が強度の筋肉痛のような状態になるという報告を受けている。

「やはり危険な技だったか」

痛恨極《つうこんきわ》まりない顔で、勇斗はうめく。

人間の筋肉が最大出力の三〇％程度しか出せないというのは、漫画《まんが》などの影響《えいきょう》か割と現代日本では有名な話である。

別に出《だ》し惜しみしているわけではなく、スポーツ選手などがしばしば身体《からだ》を壊《こわ》しているように、強すぎる力に肉体自身が耐《た》え切れないためだ。

ジークルーネの『神速の境地』は、生命の危機という極限状態で、そのストッパーを無理やり外す、いわゆる火事場《ば》の馬鹿力《かぢから》の類《たぐい》だ。

何度も使っていれば、いつかはその負荷《ふか》に耐え切れず身体を壊すというのは自明の理であった。

悔恨《かいこん》に表情を歪《ゆが》ませて、勇斗は頭を下げる。

「すまん。俺のせいだな。そうと知りながら、お前に使うなと強く言えなかった」

「いえ、使わねば今頃《いまごろ》、父上とこうして会うことはできなかったかと」

「……そうか。強敵だったんだな」

それこそが、勇斗が使うのを止められなかった最たる理由である。

試合ならいざしらず、命の取り合いである。

下手に出し惜しみしてジークルーネが帰らぬ人になることが怖《こわ》かったのだ。

「はい。むしろ右腕《みぎうで》一本で済んだのが奇跡《きせき》のような相手でした。実力では完全に負けてました」

「お前にそこまで言わせしめるか。本当によく、生きて帰ってきたな」

改めて、勇斗は万感《ばんかん》の思いを込めて彼女の頭を撫で、そして頬《ほお》へと手を添《そ》える。

確かめずにはいられなかったのだ。

その温かさが、彼女が生きているなによりの証拠《しょうこ》だったから。


「さてしかし、いよいよ状況は切羽詰《せっぱつ》まってきたな」

宴も終わり自室に戻り寝台《しんだい》に大の字になるや、勇斗は眉間に深くしわを寄せる。

ジークルーネの前では言えなかったが、これまで多大なる戦果を挙げてきた彼女の負傷は痛恨《つうこん》の極《きわ》みと言えた。

できるなら最前線には送りたくないというのはまごうことなき本音である。

ただ一方で、その戦力を大いにあてにしていた自分がいるのもまた確かだった。

まったく宗主というのは因果な立場である。

「はい……信長の娘《むすめ》ホムラは双紋《そうもん》とのこと。ルーネがまともに戦えないとなると、なかなかに相手どるのは厳しいですね」

隣《となり》に腰かけ、そっと勇斗の頭を撫で労《いたわ》りながら、フェリシアも難しい顔で言う。

「……そうだな」

フヴェズルングの話によれば、子供ながら人間離《ばな》れした身体能力の持ち主だったとのことだ。

『油断と驕《おご》りがあった。まだ幼く技術が拙《つたな》い為《ため》なんとか撃退《げきたい》はしたが、次は勝てる気がしない』

と、彼に言わせしめたほどである。

エルナとフレンも負傷で戦線離脱、ちょっと相手どれる人間が思《おも》い浮かばないのが現状だった。

「ピンチの後にチャンスありっていうけど、逆もまたしかり、か」

悪い報告というものは続くもので、もう一つ、勇斗の頭を悩《なや》ませる難題が今、新たに発生していた。

一時は火の海と化していたグラズヘイム南部は、大半の家が煉瓦《れんが》造《づく》りだったこともあり、急速にその勢いを減じていた。

明日にはほぼ完全に火は収まるだろう。

そこまでは計算通りだったのだが、燃えはせずともその高熱により脆《もろ》くなるところもあったのだろう。

クリスティーナの調べによれば、グラズヘイム南部のかなりの民家が焼け崩れていたとのことだ。

瓦礫《がれき》で道が塞《ふさ》がれている箇所《かしょ》もいくつかあり、また、《炎《ほのお》》軍の砲撃《ほうげき》により南門付近の民家はあらかた吹《ふ》き飛《と》ばされてもいる。

これはつまり、ここまで《鋼《はがね》》の防衛戦略の根幹を成していたゲリラ戦術がほぼ使えなくなったということだ。

「さて、どう迎え撃《う》つか」

天井《てんじょう》をじっと見据《みす》えながら、勇斗は思案を巡《めぐ》らす。

戦力的に、まだ真正面からぶつかり合うわけにはいかない。

何等《なんら》かの策が必要だ。

だがもうそれも正直、残り少ない。

この戦いに備え、事前にいくつもの策を講じ、準備した。

だが、戦局は生き物だ。

大半は今の状況に適さず、いざという時には使えなかったりするものである。

「とりあえずはあれで様子を見るか。相手の出方もわからないし丁度いい」

厳しい状況の中でも、選ばねばならないのが宗主の仕事である。

そして、その選択《せんたく》には無数の味方の命がかかっている。

実に重たい。

逃《に》げ出したい。

だが、逃げるわけにもいかない。

歯を食いしばって、その重圧に耐えるしかないのだ。

「新天地にいったら絶対即行《そっこう》で隠居《いんきょ》してやる。縁側《えんがわ》で猫抱《ねこだ》いて日向《ひなた》ぼっこだ」

「あら、いいですね。おともします」

「おう。膝枕《ひざまくら》よろしくな」

何気ない平和な日常。

たったそれだけのものが、今ははるか遠い。

だが、必ず取り戻す。

その為には手段を選ぶつもりはなかった。

「お待ちなされ、大殿！」

信長が気絶した部下に白刃《はくじん》を振《ふ》り下《お》ろそうとしたその時である。

しわがれた、しかしかくしゃくとした声が響《ひび》く。

直前で刀を止め、声のしたほうに視線を向けると、豊かな白髭《しらひげ》を蓄《たくわ》えた老人が立っていた。

「サークか」

諸将の間では敬意をもってサーク老と呼ばれることも多い、五大軍団長最後の一人である。

その老獪《ろうかい》にして堅実《けんじつ》な手腕《しゅわん》を買い、族都ブリーキンダ・ベルの防衛を任せていたのだが、すでに《鋼《はがね》》西部はほとんどもぬけの殻《から》であり、親衛騎団《ムスッペル》もグラズヘイム周辺に現れた以上、もはや族都に脅威《きょうい》はないと呼び寄せていたのだ。

「遅《おそ》すぎる。どこで道草食っておった？」

信長はジロリと老人をねめつけ、冷気漂《ただよ》う声で問う。

諸将たちが恐怖に息を呑《の》む中、

「ほほっ、ご無体なことを言われますなぁ。この年では、さすがに若いもんみたいに馬を駆《か》けさせられませんわい」

飄々《ひょうひょう》とサーク老は笑みさえ浮かべて返す。

その言葉通り、確かにその体は痩《や》せ細《ほそ》り、腰も折れ曲がり、一見なんとも小さく見えるが、信長の詰問《きつもん》を前にいささかも萎縮《いしゅく》した様子がない。

五大軍団長の一角である。

さすがにただ年を食っただけの老人ではなかった。

「……ふん、まあ、それはいいじゃろう。だが、こ奴《やつ》らの処分を待てとはどういう了見《りょうけん》じゃ？」

「まずはその怒気をお鎮《しず》めくだされ。わしほどになれば受け流しもできますが、まだ若い連中には少々キツすぎるかと。かわいそうに、呼吸もできぬ有様ですぞ」

「むっ」

言われて、信長は周囲に視線を向ける。

皆一様に、信長が見た瞬間《しゅんかん》、びくっと恐怖に体を竦《すく》ませるのだ。

だが、納得《なっとく》はできなかったらしく、

「仮にも我《わ》が《炎《ほのお》》で将軍の地位にあるというのに、この程度で気絶など軟弱《なんじゃく》すぎるわ」

「この程度、というにはいささか突《つ》き抜けすぎておりましたぞ。神か魔王を相手にしている気分でしたわい」

「その割には、貴様は平然としておるようだがな？」

「ほほっ、そりゃあいつ死んでもおかしくない身ですからな。その覚悟《かくご》があれば、たいていのことは屁《へ》の河童《かっぱ》ですわい」

「ふん、かましよるわ」

「屁だけに？」

なんとも薄《うす》ら寒《さむ》い冗句《じょうく》である。

だがそれを、信長を前にしてやるその胆力《たんりょく》が凄《すさ》まじい。

「阿呆《あほう》。ちっ、気が抜けてしまったわ」

忌々《いまいま》しげに舌打ちし、信長はその場にどかっと腰を下ろし、

「いいじゃろう。貴様の顔に免《めん》じて、そやつらは不問にしてやる」

頬杖《ほおづえ》をつきながらいかにもぶすっとした顔で付け加える。

気が抜けるとともに、多少なりとも頭が冷えたのだ。

この程度（あくまで信長基準だが）で気絶するなどなんとも頼《たよ》りないとも思うが、五大軍団長のほとんどが亡《な》き今、彼らが《炎《ほのお》》の中核《ちゅうかく》である。

決戦を前に数を減らすのは、さすがに愚策であった。

「ほほっ、そりゃあよかった。この首まで飛ぶんじゃないかと冷や冷やものでしたわい」

サーク老がかかっと笑う。

言葉とは裏腹に、全然余裕《よゆう》なそぶりである。

「ふんっ」

相変わらず人を食ったじじいだと、信長はつまらなさげに鼻を鳴らす。

だが一方で、この泰然自若《たいぜんじじゃく》とした老獪さが、連敗によって浮足立《うきあしだ》っている今の《炎《ほのお》》軍にはなにより心強いのも確かであった。

「して、大殿。全軍総攻撃とのことでしたが、策はおありで？」

とぼけた表情から一転、サーク老が真面目《まじめ》な顔で訊《き》いてくる。

その話をしていた時にはいなかったはずだが、こっそり聞いていたらしい。

どこまでも抜け目《め》のない老人である。

「総攻撃に策もくそもあるか」

「大殿……」

「とはいえ、勝算は大いにある」

不審《ふしん》げに眉《まゆ》をひそめるサーク老の言葉をさえぎって、信長はきっぱりと言い切る。

いかに怒《いか》りに我を忘れていても、勝算なしに戦いを仕掛《しか》ける彼ではない。

いちいち説明するのが煩《わずら》わしく言わなかっただけで、そこには冷徹《れいてつ》な計算がしっかりとあるのだ。

「ほう、お聞きしても？」

「あの大火じゃ。石兵八陣《せきへいはちじん》の効果は薄れていよう。他に何か仕掛けがあったとしても、ああらかた燃《も》え尽《つ》きておるわ」

「ふむ」

「時を与《あた》えれば、また何かよからぬ策を講じるであろう。ならばその前に一気呵成《いっきかせい》に全戦力で南から攻め上がるのが吉《きち》というものよ」

「なるほど、然《しか》りですな」

納得したように、サーク老は頷く。

ついで諸将のほうを振り向《む》き――

「おぬしらももはや懸念《けねん》はあるまい？」

ニッと口の端を吊り上げ、問いかける。

諸将たちも否やはないと一様に頷く。

信長と諸将との間に流れ始めていた不協和音を瞬《またた》く間《ま》に調律してしまうあたりは、やはり年の功と言うべきか。

有難《ありがた》く思うと同時に、煩わしくも感じる。

怒りにぐつぐつと煮《に》えた頭には、このわずかな時間すら惜しい。

貴様らは黙《だま》って儂《わし》についてくればいいのだ。

その言葉をぐっと飲みこみ、信長は手を振りかざして叫《さけ》ぶ。

「早々に陣へと戻り、戦《いくさ》に備えよ！　ランとヴァッサーの弔《とむら》い合戦《がっせん》じゃ！」


「むぅ、そうくるか」

勇斗は眉をひそめて唸《うな》り、将棋盤《しょうぎばん》と睨《にら》めっこする。

相手はいつものようにフヴェズルング——

——ではなく、なんとも年若い少女である。

「ふふっ、さすがに飛車角二枚落ちはワタシを甘《あま》く見《み》すぎましたね」

口元に手を当てて、少女——クリスティーナは玲瓏《れいろう》たる声で笑う。

年は確かもう一五歳《さい》になる。

二年前に出会った頃《ころ》に比べ、身長こそあまり変わらないが、胸のほうは幾分《いくぶん》膨み、女性らしい丸みを帯びてきている。

無表情で冷たく見えるその容姿は極めて整っており、周囲に綺《き》麗《れい》どころが集まっている勇斗の目から見ても、相当レベルの高い美少女と不承不承認めざるを得ない。

父親も《爪《つめ》》の現宗主と申し分なく、これなら結婚《けっこん》の申し込みが殺到《さっとう》していそうなものなのだが、とんとそういう話は聞かない。

ユグドラシルではもう結婚適齢期《けっこんてきれいき》であるにもかかわらず、だ。

その理由は――

「ウート、少々、肩が凝《こ》りました」

「はい、ただいま」

ピシッ！

「きゃいん！」

「強すぎます。もう少し優《やさ》しく揉《も》みなさい」

「でも、前はこれぐらいがよいと」

ピシッ！

「きゃいん！」

「奴隷《どれい》の分際で口答えとはいい度胸ですね？」

「す、すみません……」

――間違《まちが》いなく、このサディスティックな性格のせいだろう。

その口元が薄く嗜虐《しぎゃく》的に歪んでいる。

思わず乾《かわ》いた笑みが漏《も》れる勇斗である。

これをすんなり受け入れ、乗りこなせるだけの度量の持ち主はそうはおるまい。

「今度は弱すぎます」

「きゃいん!」

また馬鞭《ばべん》が飛ぶ。

ちょっとのことで馬鞭で叩《たた》かれるウートガルドがかわいそうではあるが、もっとも彼女自身も、《絹《きぬ》》の暴君として多くの者にこれ以上の仕打ちを重ねてきたので同情の余地はない。

少々厳しいがこれも社会勉強というものだろう。

「もっと! もっとこのダメな奴隷に罰《ばつ》をお与えくださいい、ご主人様!」

何か違うものを学んでいる気がしないでもなかったが。

勇斗としてはもっとこう、痛みを知り、自分がされて嫌《いや》なことは他人にもしないみたいなことを身に付けてほしかったのだが、なかなかそううまくはいかないらしい。

まあ、本人がそれでいいなら、とりあえずよしとするしかない。

この忙《いそが》しい時期に、そんなことを突っ込んでいる暇《ひま》はないのだ。

「ところでお父様？　まだ打つ手は決まりませんか？」

「むっ」

言われて、勇斗は思い出したように将棋盤へと向き直る。

なかなかに厳しい盤面《ばんめん》である。

特に守りが万全《ばんぜん》で、飛車角落ちでは攻撃力《こうげきりょく》の不足が否めなかった。

「初心者の打ち筋じゃねえぞ、これ」

勇斗は思わずぼやく。

クリスティーナがとった戦法は居飛車穴熊《いびしやあなぐま》。

現代でも主流の戦術であり、一流棋士《きし》たちによって研究に研究を重ねられ、その手順まで洗練された鉄壁《てっぺき》の防御《ぼうぎょ》を誇る布陣《ふじん》である。

「ふふっ、ほとんど打ったことがないというのは本当ですよ。ただ、お父様と叔父様《おじさま》の勝負は、幾度《いくど》となく拝見させて頂きましたから」

「見てただけでこの棋力《きりょく》かよ。嫌になるね」

ただ手順通りに居飛車穴熊を打っているというわけでもない。

きちんと勇斗の動きに柔軟《じゅうなん》に対応しながら、進めている。

明らかに将棋というものをある程度わかった打ち筋だ。

フヴェズルングといい、クリスティーナといい、地頭のいい奴はこれだからいやになる。

凡人《ぼんじん》の努力を一足飛びで越《こ》えていくのだから。

「ハンデ抜きでしたらまだまだお父様には及《およ》びませんよ」

「そりゃ平手で初心者に負けたら俺の立つ瀬《せ》がねえわ」

「まあ、お父様がハンデをくださることも計算済みですけどね。お父様の将棋は、勝つことより勝負を楽しもうという節がありますから。そこを突かせていただきました」

「……なるほど、しっかり勝つ算段をつけてから挑《いど》んできたってわけか」

「ええ、他でもないお父様から学んだことです」

しれっとした顔で、クリスティーナは言う。

戦いの始まる前に徹底的《てっていてき》に勝つための準備と策を整え、勝つべくして勝つ。

それは確かにまさしく、宗主としての勇斗の戦い方そのものであった。

「面白《おもしろ》い。俄然《がぜん》、燃えてきた」

闘争心《とうそうしん》に火が付き、勇斗は獰猛《どうもう》な笑みを浮かべる。

この不利を覆《くつがえ》しての勝利はさぞ痛快であろう。

相手が普段《ふだん》小生意気なクリスティーナならなおさらだ。

いざ逆転の一手を指そうとし――

ザザッ！

不意に、トランシーバー特有の砂嵐音《すなあらし》が鳴る。

『こちら影《かげ》の六番、《炎《ほのお》》の本隊がにわかに慌《あわ》ただしくなっております。侵攻《しんこう》の先触《さきぶ》れやもしれません。オーバー』

「了解《りょうかい》。引き続き監視《かんし》を続けてください。オーバー」

クリスティーナがトランシーバーを耳に当て、返す。

そこにはもう先程《さきほど》までの嗜虐的な愉悦《ゆえつ》の笑みはない。

「お父様」

「ああ、聞いていた」

勇斗も頷く。

二回撃退したことで、戦略・態勢の立て直しに一時退いてくれたら、とほのかな期待を抱《いだ》いていたのだが、やはり事はそうそううまく運んでくれないらしい。

ザザッ！

『こちら影の九番、西部に展開した《炎《ほのお》》軍が動き始めました。オーバー』

『こちら影の三番、東部に展開していた《炎《ほのお》》軍が南下を始めました。オーバー』

続けてほぼ同時に、トランシーバーから別の報告が飛び込んでくる。

「全軍が動く、か。どうやら敵もいよいよ本気でこっちを潰《つぶ》しにきたな」

言いつつ、勇斗はごくりと唾《つば》を飲み込む。

先程、クリスティーナは、勝つべくして勝つ、を勇斗から学んだと言った。

だが勇斗もまた、それを信長から学んだと言える。

その信長が、いよいよ総攻撃《そうこうげき》を仕掛けようとしている。

相応の勝つ目星がついてであろうことは想像に難《かた》くない。

これまで以上に厳しい戦いになりそうだった。

『というわけで、《炎《ほのお》》陣営《じんえい》の動きが慌ただしくなってきたらしい。こちらもいつ攻《せ》めてこられてもいいよう、万全の態勢を整えておいてくれ』

「はっ、お任せください」

トランシーバーからの勇斗の指示に、ファグラヴェールは直立不動の姿勢で答える。

相手にこちらの姿は見えていない、とわかってはいるのだが、盃《さかずき》の父にして神帝《テイウダンス》相手と思うとついつい居住まいを正してしまうのだ。

この辺りは生真面目《きまじめ》な彼女らしいところと言えよう。

「何度見ても～、おっそろしい代物《しろもの》ですね～、このトランシーバーとやらは～」

隣では、ファグラヴェールの股肱《ここう》の臣にして軍師のバーラが感心しきりと頷いている。

その気持ちはファグラヴェールにもよくわかった。

今、ファグラヴェールたちがいるのは、ヴァラスキャールヴ宮殿《きゅうでん》の正門前である。

勇斗がいる聖塔《フリズスキャールヴ》付近の本陣《ほんじん》からは徒歩で一刻《いっこく》（二時間）ほどの距離があるというのに、その指示が聞こえる。

さらに言えば、このカラクリを用い、はるか前方にいる《炎《ほのお》》軍の情報も、瞬時《しゅんじ》に発信され、軍全体で共有できてしまっている。

人の足で伝達していれば、それだけで一体どれだけの時間を要したことか。

せいぜい敵が攻め込む直前に情報が届くかどうかといったところだろう。

勇斗は自らを天の国から来たと言うが、まさしく神の力と言うしかなかった。

「確かにとんでもない代物ではあるが、油断は禁物だ。これほどのものをもってなお、追い込まれているのは我らなのだから」

険しい表情で、ファグラヴェールはグッと拳《こぶし》を固く握《にぎ》り締《し》める。

先のグラズヘイム会戦では、このトランシーバーによって数十という部隊を同時に連携《れんけい》させて意のままに動かすという勇斗の神業《かみわざ》を前に、信長は特にそういった道具を用いず真っ向からねじ伏《ふ》せている。

　ファグラヴェールが敵の三倍の兵を揃《そろ》え、各氏族の有能な将軍を集め、入念な準備の下、《戦を告げる角笛《ギャッラルホルン》》で兵たちを狂戦士化し、軍師バーラに指揮をさせるという、まさにこれ以上ない鉄壁の布陣を敷《し》きながら、手も足もでなかったというのに、だ。

　その後も、局所的な勝利は収めつつも、全体で見れば《鋼《はがね》》は常に《炎《ほのお》》に押《お》され気味だ。

　正直、わけがわからない。

「最も恐《おそ》ろしいのは～、織田信長～、ですか～？」

「そうだ」

　ファグラヴェールは頷く。

　ここまで間延びしたものではないが、勇斗がしばしば口にする言葉である。

「あの父上がそこまで言うのだ。警戒《けいかい》に警戒を重ねても、しすぎることはない」

　言って、ファグラヴェールはきゅっと唇《くちびる》を真一文字に引《ひ》き締め前方を睨む。

　まだ敵影《てきえい》は見えない。

　軍が進む音も響いてこない。

　それでも、はっきりと感じた。

強烈《きょうれつ》な殺気が、まさしく炎のようにひりひりと肌《はだ》を焼くのを。

「どうやらお出ましのようだ」

「さすがね～。わたしには～まるで何も～感じないわ～」

「相変わらず鈍《にぶ》いな、お前は頭だけで考えすぎだな」

「む～～～」

バーラが面白くなさげに唇を尖《とが》らす。

ファグラヴェールは内心してやったりとほくそ笑む。

先日、勇斗に生真面目すぎると言われた時に大爆笑《だいばくしょう》されたことを、実は少し根に持っていたのだ。

そのちょっとした仕返しだった。

「なるほど、これはいいな」

うんと納得したように、ファグラヴェールは頷く。

「んん～、なにが～？」

「こういうちょっとしたおふざけが、さ」

不謹慎《ふきんしん》だと思わないでもないものの、そういう余裕が大将には必要だと勇斗から指摘《してき》されたのでやってみたのだが、悪くない。

なんといっても少しでも笑えるのがいい。

適度に肩《かた》の力が抜《ぬ》けてくれる。

張《は》り詰《つ》めすぎていた気が緩《ゆる》み、視野が拓《ひら》ける。

これまで見えていなかったものが、見えてくる。

自分に付き従う子分孫分たちの緩んだ顔が。

「敵がくるぞ！　気を引き締めろ！　このところ勝っているからといって油断するな！

依然、我らが不利なことに変わりはない！　気を抜けば一気にやられるぞ！」

喉《のど》が張り裂《さ》けんばかりの大喝《だいかつ》で、ファグラヴェールは檄《げき》を飛ばす。

危なかったと思う。

数日前までの自分だったなら、敵にしか意識を向けず、見落としていただろう。

「あらあら～ふふ～」

バーラが感心したように笑みをこぼす。

なるほど、これまでは彼女《かのじょ》がそれとなく目を配ってくれていたらしい。

まったくさすがは長年の相棒である。

普段は親を親とも思わぬ小憎《こにく》たらしさを覚えることもないわけではないが、やはりいざという時は頼りになる。

「さて、じゃあいくか。《剣《つるぎ》》の宗主ファグラヴェールと、その軍師バーラの力、《炎《ほのお》》の連中に存分に見せつけてやるぞ！」

「は～い」

せっかく入れた気合が抜ける、なんとも間の抜ける返事である。

だが、それももう慣れたものだ。

むしろ日常であり、安心さえ覚える。

ザザッ！

『こちら影の二番、《炎《ほのお》》軍、鉄砲《てっぽう》の射程に入りました』

「よし。では撃てー！」

ダダダダダァン！

ファグラヴェールが号令するやいなや、前方から雷《かみなり》が連続して落ちたかのようなけたたましい炸裂音《さくれつおん》が響き渡《わた》った。

「儂らから奪《うば》った種子島《たねがしま》で先制か。盗人猛々《ぬすっとたけだけ》しいとはまさにこのことじゃな」

信長は腕組《うでぐ》みをしながら、忌々しげに吐《は》き捨《す》てる。

この戦いのために、信長は一〇〇〇丁もの鉄砲を用意はしていたのだが、先の《鋼《はがね》》が仕掛けてきた火計によってあらかた焼失《しょうしつ》してしまっていた。

鉄砲隊《てっぽうたい》はその性質上、最前線に置いており、それが災《わざわ》いした。

一方の《鋼《はがね》》が使っている鉄砲は、元を正せば《炎《ほのお》》の族都ブリーキンダ・ベルから略奪していったものである。

まったく二重に腹立たしいとしか言いようがない。

「ほほっ、敵から奪い自らの糧《かて》とする。それがこの戦国乱世の習いでありましょう」

サーク老がその豊かな髭《ひげ》を撫でつつ、こともなげに言う。

元々は一軍を取りまとめる軍団長として呼んだのだが、ランの戦死に伴《ともな》い、急遽《きゅうきょ》、副官に抜擢《ばってき》したのだ。

信長の言葉は時に凡人の理解を超《こ》える。

またその苛烈《かれつ》さは、人を動かしまとめる力になる一方、いらぬ不満や軋轢《あつれき》を生む事も多い。

ゆえに信長に萎縮《いしゅく》せず、その言葉を理解し、他人にうまく翻訳《ほんやく》しとりなし、円滑《えんかつ》に組織を回す潤滑油《じゅんかつゆ》ともいうべき存在が必要不可欠だった。

優秀《ゆうしゅう》な将を別動隊として配置できないのは惜《お》しいが、ラン亡き今、副官ができそうな人材は、有能揃《ぞろ》いの《炎《ほのお》》軍を見渡《みわた》しても、この老人以外に適任はいなかったのだ。

「それに……」

サーク老は怪《あや》しくその瞳《ひとみ》を光らせる。

「盗人猛々しいのはこちらも同じでしょう？」

「で、あるな」

信長もニッと口《くち》の端《は》を吊《つ》り上《あ》げて同意する。

確かに鉄砲は《鋼《はがね》》に奪われたが、こちらにも敵から奪ったものがあるのだ。

「例のものも問題なさそうじゃ」

鉄砲の射撃《しゃげき》を受けながら、前線がなんら浮足立つ様子がないのが何よりの証拠である。

むしろ自信や戦意の高まりがひしひしと伝わってくる。

「よしっ！　ではリアカー隊、突撃《とつげき》じゃーっ！」

「「「「おおおおおっ!!」」」」

信長が号令を下すや、ほどなくして前線より鬨《とき》の声《こえ》が上がる。

リアカーは、先のギャッラルブルー関での戦いで、《鋼《はがね》》軍が撤退《てったい》の際、大量に置いていったものである。

最初はただの荷駄《にだ》と気にも留めていなかったのだが、ランの報告で確認《かくにん》し、実際に試《ため》してみてその性能に驚嘆《きょうたん》させられた。

それまで《炎《ほのお》》が使っていた荷駄に比べ、その機動力が桁違《けたちが》いだったからだ。

なにより、停止状態からの引き出しと、小回りの良さは特筆に値《あたい》する。

そして彼《かれ》には、《鋼《はがね》》が荷車を防壁として利用している、という知識があった。

ダダダダダァン！

再びけたたましい炸裂音が鳴《な》り響く。

だが先程同様、前線から悲鳴や苦悶《くもん》の声はまったく響いてこない。

「ろーまんこんくりーと、とか言ったか。なかなか大した強度よ」

虎《とら》の子の新型国崩《くにくず》しの砲撃にも幾度となく耐えた素材である。

リアカーにはこれをずっしりと積んである。

鉄板を仕込んだ胴鎧《どうよろい》ですら、表裏《ひょうり》ともに風穴を開ける威力《いりょく》を誇る種子島も、さすがにこれを貫通《かんつう》することは敵《かな》わなかったらしい。

「ようし、そのまま突っ込めい！」

リアカー隊を先頭に、《炎《ほのお》》軍が一気に距離《きょり》を詰めていく。

一方、《鋼《はがね》》本陣では――

「荷車城塞突撃《ワゴンブルクとつげき》か。やはり底知れないな」

勇斗がトランシーバーから伝えられる情報に、苦々しげに表情を歪《ゆが》めていた。

つい一昨日の戦いで、ヴァッサーファル率いる北部方面軍相手に仕掛けた戦法である。

だがおそらく、それを聞いての真似《まね》ではあるまい。

昨日今日で銃撃《じゆうげき》対策ができるとは思えない。

一昨日の戦いの報告を聞く前から思いつき、準備してきたのだ。

「けどまあ、自分の考えついた策にやられてたら、世話はないよな」

勇斗はユグドラシルに様々なものを持ち込んだ。

きちんとそれらが盗《ぬす》まれた時の事も想定し、対策は立ててあるのだ。

「ファグラヴェール！　鉄砲隊を下がらせて、弓隊を前に出せ！」

「っ！　はっ、承知いたしました！」

さすがに名将とユグドラシル全土にその名が轟《とどろ》く女性である。

今の指示だけで、勇斗の意図を察したようだった。

ヒュンヒュンヒュン！

ほどなくして、《鋼《はがね》》陣営より上空へと次々と矢が放たれる。

それは大きく弧《こ》を描《えが》き、矢の雨となって《炎《ほのお》》陣営へと降り注いでいく。

『ぐあっ！』

『ぎゃあっ！』

トランシーバーを通して、《炎《ほのお》》軍兵士の悲鳴が聞こえてくる。

どうやら弓に切《き》り替《か》えたことが功を奏したらしい。

直線的な攻撃《こうげき》にはめっぽう強く機動力もある荷車城塞《ワゴンブルク》であるが、上方からの攻撃にはなんら防御の対策がないのだ。

『敵、止まりません！　まったく勢いを衰《おとろ》えさせることなく突っ込んできます！』

「まあ、この程度で止まるようなら苦労はしないな」

物見の報告に、勇斗は苦笑いをこぼす。

《炎《ほのお》》には実に一〇年以上もかけて兵農分離《ぶんり》して、訓練に訓練を重ねた熟練の職業軍人が多数在籍《ざいせき》している。

この戦に先立ち、《炎《ほのお》》は大規模な徴兵《ちょうへい》を行い、素人《しろうと》兵も増えたが、中核にそういうプロがいることで士気や統率《とうそつ》は高いレベルを維持《いじ》しているのだろう。

全く厄介《やっかい》な敵である。

「……いや、待てよ？」

違和感《いわかん》に、勇斗は眉をひそめ、思考を戻《もど》す。

荷車城塞《ワゴンブルク》にも、上空からの攻撃への対策があると言えばあった。

そもそも、弧を描く弓矢よりはるかに長い射程を誇る銃《じゅう》で敵を寄せ付けないことが荷車城塞《ワゴンブルク》の基本戦術なのだ。

鉄砲は防御にこそその真価を発揮する兵器ではあるが、攻撃側《こうげきがわ》としても初手で敵を怯《ひる》ませるために打つのが戦国時代の定石である。

それがなかったということは——

「朗報だ！　おそらくだが、敵には銃も大砲《たいほう》もない」

『真ですか⁉』

「さすがに断言まではできないが、な。ほぼ間違いない」

ブラフの可能性もないわけではないが、両軍入り乱れての乱戦状態になれば使えない兵器である。

攻撃側が温存するメリットがあるとは思えなかった。

「つまり、だ。現状、遠距離《えんきょり》武器の性能は俺《おれ》たちが敵を上回ったということだ」

『っ！』

トランシーバーから息を呑む音が漏れ聞こえてくる。

これの意味するところは大きい。

古代から中世に至るまで、最も敵兵を殺したのは剣でも槍《やり》でもなく、矢である。

勇斗のこれまでの戦歴的には、猛将《もうしょう》スティンソールや、《戦を告げる角笛《ギャッラルホルン》》を使うファグラヴェールなど、矢の雨をものともしない敵が多かった為《ため》、目立たなかったが、敵を圧倒《あっとう》する射程を持つ兵器は、本来であればそれだけで戦局を決定づけるほどなのである。

事実、英仏の百年戦争において、イギリス軍のロングボウが猛威《もうい》を奮い、兵数的には圧倒的優位を誇るはずのフランス軍をほぼ一方的に撃退《げきたい》している。

フランス軍の死者一二〇〇〇に対し、イギリス軍の死者は数百人に過ぎない、なんてこともあったほどだ。

そして、鉄砲ならばいざしらず、矢の射程においては《鋼》は《炎》を圧倒している。

これを使わぬ手はなかった。

「よし、ファグラヴェール！　後退しながら矢をじゃんじゃん撃《う》て！　とにかく敵との距《きょ》離《り》を保て！　近づけさせるな！」

「はあはあ！　大殿《おおとの》！　敵の弓勢《ゆんぜい》が極《きわ》めて激しく、まるで近づけません。ふうふう、こ、このままではあたら兵を失うだけです」

「で、あるか」

息も絶え絶えに駆けてきた伝令の言葉に、信長は淡々《たんたん》と短く頷《うなず》くのみであった。

だが、その拳が固く握り締められているあたりに、彼の苛立《いらだ》ちが表れている。

「ふん、さすがに自らの戦術には対抗策《たいこうさく》を用意してあるようじゃな」

鉄砲が効かないとみるや、即座《そくざ》に矢による攻撃に切り替えてきた。

こちらが荷車城塞《ワゴンブルク》を使ってきたときの対策をきっちり講じてあったのだろうが……

「これほどの数の矢とは、さすがに想定外じゃったな」

普通《ふつう》、弓というものは、扱《あつか》うのに相当量の訓練を必要とする武器だ。

ゆえに、数を揃えるのはなかなかに困難である。

「《鋼《はがね》》軍はなんでも弩《ど》という兵器を採用しているそうですな。弓のように速射はできませんが、素人が用いても高い威力と射程を誇るとか」

「ああ、そういえばそうじゃったなぁ」

渋《しぶ》い顔で信長はがしがしっと頭を掻《か》く。

実のところ、信長は弩というものをよく知らない。

というのも、弩――クロスボウは、世界的には広く普及《ふきゅう》していた兵器であるが、日本では様々な事情からほぼまったく発展も普及もしなかった代物であり、信長のいた戦国時代ではほぼほぼ完全に廃《すた》れ使う者など皆無《かいむ》な状況《じょうきょう》だったのだ。

一応、間者《かんじゃ》から兵器の特性を聞いてはいるが、火縄銃《ひなわじゅう》の劣化《れっか》品に過ぎない、と今の今まで侮《あなど》っていたところがある。

実際、信長のその認識《にんしき》は正しい。

火縄銃と弩は、素人でも短時間の訓練で熟練の弓使いを超える射程と命中率を実現できるという点で、非常に酷似《こくじ》した特性を持っており、そのほぼ全《すべ》てにおいて、性能は火縄銃に軍配が上がる。

すでに火縄銃の存在を知り、その量産に取り組んでいた信長にとっては、弩などまさに取るに足らない代物にしか映らないのは必然ではあった。

だが唯一《ゆいいつ》、弩が火縄銃に圧倒的に勝《まさ》る点がある。

それが矢玉の調達のしやすさだ。

実は火縄銃は、銃そのものよりも、玉を発射するための黒色火薬の調達が至難を極めるのだ。

「威力と射程で種子島に劣《おと》り、連射性で弓に劣る、なんとも中途半端《ちゅうとはんぱ》な武器と一顧《いっこ》だにせんかったが、見方を変えれば、弓よりも扱いやすく射程もあり、かつ種子島より数も揃えやすい、か」

それが意味するところは、戦で最も重要な物量を作りやすいということである。

速射性に劣るという話ではあったが、おそらく信長同様、分業制にすることで間隔《かんかく》を縮めているのだろう。

その圧倒的な矢の物量を前に、鉄砲を失った《炎《ほのお》》軍では近づきようがなく、このままではただいたずらに兵の数を減らすのみである。

「なかなかに手強《てごわ》い。ならばこちらも切り札を切るしかあるまい。ホムラ！　赤備え隊を率いて突っ込め！」

「えっ⁉」

信長の命に、まさか指名されるとは思ってもいなかったのだろう、ホムラが素《す》っ頓狂《とんきょう》な声を上げる。

もしこれが、他の武将であったならば、叱責《しっせき》物である。

だがそこは身内には滅法甘《めっぽうあま》い信長である。

ニッと口の端を吊り上げ、パァンとその背中を叩いて送り出す。

「おうよ。汚名《おめい》返上の機会じゃ。思う存分、暴れて来い！」

「うんっ！」

ぱあっと快活な笑《え》みを浮《う》かべて頷くや、ホムラはダッと駆《か》け去っていく。

さすがは双紋《そうもん》のエインヘリアルというべきか。

騎馬《きば》もかくやというとんでもない速度であり、あっという間にその姿は見えなくなる。

「本当によろしいのですか？　危険な任務でございますぞ？」

サーク老が眉間《みけん》にしわをよせて問うてくる。

若頭《かしら》に指名こそされていないが、ホムラが次の宗主《パトリアーク》であるというのは、もはや《炎《ほのお》》の中では暗黙《あんもく》の了解となっている。

武勇だけでなく、頭の回転や王としての器《うつわ》も申し分ない。

《炎《ほのお》》にとっては絶対に失うわけにはいかない存在であり、サーク老の心配はもっともなものであったが、信長は自信満々に笑い飛ばす。

それはもう、わずかの危惧《きぐ》もないとばかりに豪快《ごうかい》に。

「かーっかかかっ！　儂が儂の後継者《こうけいしゃ》と認めた子じゃぞ？　この程度で死ぬ玉ではないわ」

「むっ、なんだ⁉」

双眼鏡《そうがんきょう》を覗《のぞ》きながら、ファグラヴェールは怪訝《けげん》そうに眉《まゆ》をひそめる。

突如《とつじょ》、《炎《ほのお》》の前線に配置されていた荷車城塞《ワゴンブルク》が割れ、そこから百騎《き》ほどの騎馬がこちらに向けて突っ込んできたのだ。

このまま手をこまねいている信長ではないと思っていたが、これには戦上手《いくさじょうず》で知られるファグラヴェールも意表を突《つ》かれた。

無謀《むぼう》以外の何物でもなかったからだ。

「いったいどういうつもりだ？」

人の何倍もの体躯《たいく》を誇る騎兵《きへい》の突撃の威力は凄《すさ》まじく、確かに歩兵にとっては大きな脅威《きょうい》であり恐怖《きょうふ》である。

だが、《鋼《はがね》》が基本戦術としている重装歩兵長槍密集陣《ファランクス》には、通用しない。

無暗《むやみ》やたらと突っ込んでも、槍の壁《かべ》に串刺《くしざ》しにされて骸《むくろ》を晒《さら》すだけである。

そんなことは、ファランクスと酷似した長槍による槍衾《やりぶすま》戦術を用いる信長が誰《だれ》よりもわかっているはずだった。

「十中八九、何かあるとみるのが無難か。あの騎馬隊《きばたい》を狙《ねら》い打《う》て！」

みすみす見逃《みのが》してやる義理はない。

ファグラヴェールの指示の下《もと》、《鋼《はがね》》は《炎《ほのお》》騎馬隊に矢の雨を降り注がせるが、

「むっ⁉」

そのほとんどが的を大きく外してしまう。

「ちぃっ、もう一度だ！　近づけさせるな！」

敵の騎馬隊が矢を放たれると見るや、ファグラヴェールが再び号令を下すも、やはりまた矢はあさっての場所を射抜《いぬ》いていく。

その速度をはね上げたからだ。

弩は短期間で素人でも扱えるようになる優《すぐ》れた兵器であるが、一方でやはり訓練期間が短いことも否《いな》めない。

大軍相手に一斉《いっせい》に矢を飛ばす分にはよくても、高速で動く的の未来の位置を予測して射るなどという高等技術はさすがに難しかったのだ。

そうして手をこまねいている間に、瞬《またた》く間《ま》に距離を詰められてしまう。

「いくら騎馬といっても速すぎるだろう⁉」

「みんな～、凄腕《すごうで》ですね～。《炎《ほのお》》の～親衛騎団《ムスッペル》と～言ったところですかね～？」

ファグラヴェールのキレ気味のぼやきに、バーラがのんびりと評する。

彼女の言う通り、遠目にも前傾《ぜんけい》姿勢で馬を駆けさせる姿が全員、様になっていた。

明らかに、相当量の訓練を積んでいる。

「ちぃっ、ファランクス隊！　構えろ！　串刺しに……」

言いかけたファグラヴェールの言葉が途中《とちゅう》で止まる。

あるものを視界にとらえたからだ。

《炎《ほのお》》の騎兵たちが、何かを包んだ紐《ひも》を手首の返しだけで身体《からだ》の側面で振《ふ》り回《まわ》している。

投石紐《スリング》。

紐の中央部だけを幅広《はばひろ》にした、紀元前一二〇〇〇年から八〇〇〇年頃《ごろ》に発明された原始的な投擲《とうてき》兵器である。

とは言え、ただの石ならば、鉄製の防具に身を固めた《鋼《はがね》》軍にとっては、百騎《き》程度から放《ほう》り込まれる石などなんら脅威ではない。

だが、もし、その中身が石でなかったとしたら——

「前線に通た……！」

ドォン！　ドォン！　ドォン！

慌てて叫《さけ》ぼうとしたファグラヴェールの声は、今度は爆発音《ばくはつおん》にさえぎられる。

「やはりてつはうか！」

忌々《いまいま》しげに、ファグラヴェールは表情を歪める。

てつはうは黒色火薬さえあれば、それほど作るのが難しい兵器ではない。

《炎《ほのお》》が用意していたとしても、なんら不思議ではなかった。

いかに高い防御力《ぼうぎょりょく》を誇るファランクスといえど、その重装備による鈍重《どんじゅう》さゆえにかなりの数が爆発《ばくはつ》に巻き込まれる。

そして、前線の隊列が乱れたところに――

「「「「おおおおおっ!!」」」」

騎兵が鬨の声とともに物凄《ものすご》い勢いで突っ込んでくるのである。

戦列の崩れた《鋼《はがね》》の歩兵は、なすすべなく蹂躙《じゅうりん》されていく。

だが、《炎《ほのお》》の猛攻《もうこう》はそれだけにとどまらなかった。

「「「「うおおおおおおっ!!」」」」

騎兵の後に続き、大量の歩兵がドドドッと地響《じひび》きとともに雄叫《おたけ》びをあげる。

こちらもいつの間にか距離をかなり詰められている。

どうやらこちらが騎兵に意識を奪われたと同時にひそやかに前進していたらしい。

ヒュン！　ヒュン！　ヒュン！

両脇《りょうわき》に設置された弩隊も、接近に気づいたのだろう、指示を飛ばす前から大量の矢の雨を降らす。

バタバタと射抜かれた兵が倒《たお》れていくも――

「おおおっ！　ホムラ様に続けーっ！」

「ホムラ様が切り開いた好機、逃すなっ！」

わずかも怯んだ様子もなく雪崩《なだ》れ込んでくる。

総大将の子自らの切り込みは、兵たちに莫大《ばくだい》な勇気をもたらしたらしい。

両軍入り乱れての白兵戦が、始まった。

「てつはうと投石紐《スリング》、それを騎兵で運用する、か」

報告を聞くや、勇斗《ゆうと》は痛恨《つうこん》の表情でうめいた。

少なくとも勇斗が記憶《きおく》する限り、そのような兵種は歴史上、存在しない。

あえて近いと言えば、モンゴル騎兵か。

だが、モンゴル騎兵は元寇《げんこう》の折、てつはうを使用していても、投石紐を用いたという形《けい》跡《せき》はない。

彼らがもっぱら弓を得意とする騎馬《きば》民族であったがゆえだろう。

だが、馬に乗りながら、数キロの物体を上半身の力だけで投げても、その投擲距離《とうてききょり》はいいところ二〇メートルに届くかどうかといったところだろう。

ただし投石紐を使えば、その飛距離《ひきょり》は格段に跳《は》ね上がる。

しかも重要なのは、この投石紐が片手で扱えるということだ。

つまり、馬の手綱《たづな》を握ったまま、投擲を行えるのである。

「ちくしょう、どうして俺は今まで気づかなかった」

悔《くや》しさに、グッと拳を握る。

信長との差をまざまざと見せつけられたような気がした。

てつはうも、投石紐も、騎兵も、《鋼《はがね》》にはあったのだ。

だが、それらをつなげる発想ができなかった。

いや投石紐などという原始的な兵器は、そもそも選択肢に入ってすらいなかったのが正直なところだ。

まずもって投石紐による投擲は、狙ったところに投げるのに相当量の訓練がいる。

その上、手投げよりはましとは言え、射程にも限界がある。

それだったら弩や投石器を改良して打ち出したほうがよほど飛距離の面でも命中率の面でも合理的と勇斗は考えたのだ。

それは間《ま》違《ちが》いではない。むしろ正しい。

正しいからこそ、そこで思考停止してしまっていた。

「騎兵に使わせれば、理想的な組み合わせ《マリアージュ》じゃないか」

騎兵による槍突撃《ランスチャージ》の突破《とっぱ》力は、古代から歩兵の陣《じん》を切り崩す切り札とされてきた。

だが一方で、その使いどころが極めて難しかったのも事実だ。

闇雲《やみくも》に突っ込んでも、遠距離射撃《えんきよりしやげき》や、槍衾《やりぶすま》の餌食《えじき》になるだけだからだ。

伊達《だて》政宗なども、これをどうにかできないかと騎馬鉄砲隊《きばてつぽうたい》を組織したというが、完全とは言い難《がた》かった。

火縄銃では一発しか撃てず、その一度の掃射《そうしや》で敵の戦線を崩すのは至難の業だからだ。

しかし、投石紐によるてつはうならば、それが可能だ。

投石紐によって長距離《ちようきより》からてつはうを投擲して敵を混乱させ、その隙《すき》に強烈な騎馬による槍突撃をかますことができる。

「既存《きそん》のものを組み合わせることで、まったく新しい物を作る。やはりとんでもない天才だな」

この時、勇斗の脳裏《のうり》をよぎったのは、iPodの逸話《いつわ》である。

当時、iPodに使われた技術は、全て日本には存在していた。

タッチパネルも、小型のハードディスクも、インターネットのインフラも、ポータブル音楽プレイヤーの世界的シェアとブランドと販売網《はんばいもう》も。

だが唯一、それらを組み合わせて、まったく新たな価値を創造するアイディアがなかった。

あるいは思いついていたとしても、それを強引《ごういん》に推《お》し進《すす》め形にできるリーダーがいなかった。
そしてその両立をできる者こそが、時代を変えるのだ。
そう、今まさに勇斗が対峙《たいじ》している戦国の風雲児と呼ばれた男のように。
『こちら影《かげ》の九番、《炎《ほのお》》東軍が侵攻《しんこう》を開始！』
『こちら影の二番、《炎《ほのお》》西軍がグラズヘイム西門より侵入《しんにゅう》しました』
「ったく、畳《たた》みかけてきてくれるぜ」
風の妖精団《ヴィンダールヴス》からの報告に、勇斗は苦笑いを浮かべるしかない。
実に絶妙《ぜつみょう》のタイミングだ。
おそらく、あの赤い騎馬隊を投入するとほぼ同時に指示していたに違《ちが》いない。
つまり成功を確信していたわけだ。
「お兄様、このままでは包囲されます！」
「わかっている」
フェリシアの悲鳴じみた声に、勇斗は硬《かた》い声で返す。
そう、わかっている。
こうなることは、敵の配置を知った時からわかっていた。
それでもあえて迎撃《げいげき》に出たのは、ここが唯一の勝機と見たからだ。

「ファグラヴェール！　《戦を告げる角笛《ギャッラルホルン》》だ！」

『はっ！』

トランシーバーから覚悟《かくご》を決めた声が返ってくる。

《戦を告げる角笛《ギャッラルホルン》》

全軍の士気を高め、兵士たちを死をも恐れぬ強兵にする《鋼《はがね》》の切り札である。

第一次グラズヘイム会戦で、勇斗はこれを用いてもなお《炎《ほのお》》に敗れた。

だがそれは、奇襲《きしゅう》によりこちらの陣形《じんけい》が整う前に仕掛《しか》けられたのが敗因だ。

正面から万全《ばんぜん》の態勢であれば、《鋼《はがね》》軍の質は《炎《ほのお》》軍にも劣らない。

否《いな》、大規模徴兵により付《つ》け焼刃《やきば》の半農兵が増えた今の《炎《ほのお》》軍相手なら、明らかに上回っている。

しかも戦場はグラズヘイム大通りと道幅《みちはば》に戦域が限定され、兵数の差が戦局に影響《えいきょう》を与《あた》えにくい。

ならば《戦を告げる角笛《ギャッラルホルン》》を使えば、敵を圧倒出来る。

そして、目の前にいるのは織田信長率いる本隊だ。

「ルーネ！　スィール！　両脇から仕掛けろ！」

『はっ！』

『了解《りようかい》しました』
すでにこの二人は一定の兵とともに両翼《りようよく》に配置済みである。
それを動かし、側面を襲撃《しゆうげき》させる。
《狼《おおかみ》》時代からの勇斗の一八番《おはこ》、金床《かなどこ》戦術の応用だった。
確かに今、《鋼《はがね》》軍は《炎《ほのお》》軍に包囲されている。
だが《炎《ほのお》》軍本隊に限るならば、包囲しているのは《鋼《はがね》》のほうなのである。
これが好機でなくてなんなのか！
危険は大いに承知の上だ。
相手はあの織田信長である。
装備に差もなく、兵力も未《いま》だ三倍近い開きがある。
危険を冒《おか》さずに勝てるはずもない。
すうっと勇斗は大きく息を吸い込み、手を振って叫ぶ。
「全軍突撃！　目指すは織田信長の首一つだっ！」

「むっ」

それを感じた瞬間《しゅんかん》、ぞわっと信長の全身は総毛立った。

日ノ本では何度もすんでのところで九死に一生を得てきた信長である。

エインヘリアルではないが、危機を感じ取る力は人間離《ばな》れし、超常《ちょうじょう》じみたものがある。

もっとも信長に言わせれば、これを感じ取れない奴《やつ》らのほうが鈍《にぶ》すぎるのだが。

「おお……いきなり敵の圧が膨《ふく》れ上がりましたな」

「さすがにおぬしは感じとれるようじゃな、サーク」

副官の老人の言葉に、信長は満足げに笑みを浮かべる。

もののわからぬ人間との会話ほど疲労《ひろう》を覚え、つまらぬものはない。

逆にわかる人間との会話は様々な前提を省略して話すことができ、ズレもなく、楽しく楽で信長の好むところであった。

「調べたところでは、《剣》《つるぎ》の宗主《パトリアーク》ファグラヴェールの《戦を告げる角笛》《ギャッラルホルン》の力らしい」

「なるほど、これが……『王のルーン』などと言われるだけはありますな」

「ん？　なんじゃ、それは？」

「ああ、大殿が知らぬのも無理はありませんな。《戦を告げる角笛》《ギャッラルホルン》は、神聖アースガルズ帝国《ていこく》初代神帝《ティウダンス》ボーダンが持っておったのです」

「ほう。まあ確かにこの力があれば、天下を獲《と》るのも容易であったろうな」

納得《なっとく》したように信長は頷く。

戦いにおいて最も面倒《めんどう》くさいのが、兵の士気の管理である。

兵士たちの大半は、ちょっと不利になれば逃《に》げ出《だ》してしまう。

それが揃《そろ》って死をも恐《おそ》れぬ勇猛果敢《ゆうもうかかん》な闘士《とうし》となるのだ。

信長が来た当時の原始的な戦争に終始していたユグドラシルであれば、それこそ敵なし状態であったに違いない。

「じゃが、見せすぎたな。儂《わし》はすでにそのルーンの弱点を掴《つか》んでおる」

にぃっと信長は口の端を吊り上げさせる。

「なんと⁉ 真にございますか⁉」

「おうよ。一つ、時間に制限がある。二つ、使用後、兵士たちの戦力はがた落ちする。まあ、推測の域を出んが、まず間違いなかろう」

自信満々に、信長は言い切る。

確信したのは、先のグラズへイム北部での戦いの敗残兵の、

『ある時を境に、敵の形相《ぎょうそう》が一変したんです。でも、最後のあたりは元に戻っていましたね。いや、むしろ精も根も尽《つ》き果《は》てていたというか』

という話を聞いてからである。

信長自身、第一次グラズヘイム会戦で、《戦を告げる角笛《ギャッラルホルン》》の力を目《ま》の当《あ》たりにしており、彼の言葉にはピンとくるものがあったのだ。

「つまり、敵はここが勝負所と見たようじゃな」

《鋼《はがね》》の索敵《さくてき》能力の異常なまでの高さは、ギャッラルブルー関の戦いと、グラズヘイム内における石兵八陣《せきへいはちじん》で嫌《いや》と言うほど思い知っている。

十中八九、東西からも《炎《ほのお》》軍が押《お》し寄《よ》せてきていることは把握《はあく》しているはずだ。

戦において包囲されるのが危険であることぐらい百も承知だろう。

それでもなお、危険を押して特攻《とっこう》してきた。

この第二次グラズヘイム会戦、結果だけを見れば、《炎《ほのお》》は連戦連敗、終始《鋼《はがね》》に流れを握《にぎ》られているように見える。

だが、決して《鋼《はがね》》にとっても楽な戦いではなかったはずだ。

兵の犠牲《ぎせい》こそ少なくとも、武器防具の数々、食糧《しょくりょう》、火薬、グラズヘイムと言う防御壁《ぼうぎょへき》と、相当量の消耗《しょうもう》を強《し》いられている。

だからこそ、連勝で勢いに乗った今、伸《の》るか反《そ》るかの大勝負を仕掛けてきたのだ。

「くくっ、一昨日までの儂ならば、応《こた》えてやったかもしれんな」

天下分け目の大勝負、きっちり真正面から力でねじ伏《ふ》せずしてどうして天下の面目《めんぼく》が保てようか、と喝破《かっぱ》している自分の姿が、目に見えるようである。

だが、今の信長にそんな甘《あま》さはない。

「全軍に通達！　隊列を整えとにかく防御《ぼうぎょ》に徹《てっ》せよ！　ホムラたちも呼《よ》び戻せ！　敵の勢いは一刻《いっこく》かそこらしかもたん。凌《しの》げば我らの勝ちじゃ！」

放っておけば、敵が弱くなるのはわかっているのだ。

わざわざ相手の土俵で勝負してやる義理はなかった。

着実に布石を積み上げ、真綿でじわじわ絞《し》め上げるようにして敵を弱らせ、勝つべくして勝つ。

それが信長を天下人たらしめた、彼の真骨頂とも言うべきやり方だった。


「皆《みな》の者、わたしに続けーっ！」

馬を駆けさせ、ジークルーネは敵陣《てきじん》へと切り込んでいく。

その後に徒歩の親衛騎団《ムスッペル》が続く。

できる事ならば、全員、慣れた馬に乗せて突っ込みたいところではあったが、大通りならばともかく、市街地の路地の細さではさすがに騎馬での行軍は難しい。

一定数の兵を揃えるためには、機動力と突撃力《とつげき》は犠牲にせざるをえなかったのだ。

そこは《鋼《はがね》》一の精鋭《せいえい》集団というのもあるが、それ以上に――

「はあっ！」

「「「「おおおおおっ!!」」」」

それでも、親衛騎団《ムスッペル》は鬨《とき》の声《こえ》とともに次々と《炎《ほのお》》兵を屠《ほふ》っていく。

「がっ！」

ジークルーネがブゥン！　と槍を振って敵兵の首を刎《は》ね飛ばす。

とても利《き》き手《て》を負傷しているとは思えぬ槍さばきであった。

「これが《戦を告げる角笛《ギャッラルホルン》》か。なるほど、大したものだな」

さらに槍を返して、別の《炎《ほのお》》兵を薙《な》ぎ払《はら》いつつ、ジークルーネは満足げに首肯《しゅこう》する。

士気高揚《こうよう》だけでなく、身体能力も向上する効果があるのだろう。

利き手を負傷して以来、槍を重く感じていたのだが、今はそれもない。

これなら足手まといにだけはならずに済みそうだった。

「ですねー！　力が後から後から湧《わ》き出《で》てくる感じっす。これなら誰が相手でも負ける気がしないっすね！」

快活にそう言いつつ、ブンブンと縦横無尽《じゅうおうむじん》に槍を振り回しているのはヒルデガルド。

まだ若く一〇代半ばといったところだが、エインへリアルであり、親衛騎団《ムスッペル》でも戦闘力《せんとうりょく》だけならジークルーネに次ぐナンバー2の腕前《うでまえ》の少女である。

そう、戦闘力だけなら、だが。

キィン！

ジークルーネの繰《く》り出した槍が、ヒルデガルドの眼前にまで迫《せま》っていたナイフを弾《はじ》き落とす。

「よそ見するな、ヒルダ！　そうやって調子に乗ってうっかりやらかすのがいつもだろう」

「い、今のはちゃんと見えてました！　ひょいって格好良くかわす予定だったんですー！」

「疑わしいな」

「本当ですってばー！」

「ふん、仮に本当だとしても、だ」

そこで一旦《いったん》言葉を切り、ジークルーネは視線を向けることなく背後へと石突《いしづ》きを繰り出す。

「がふっ」

背後から襲《おそ》いかかろうとしていた《炎《ほのお》》兵が苦悶《くもん》の声とともに吹《ふ》き飛《と》ぶ。

その反動を利用し、さらに前方の敵の喉《のど》を串刺しにする。

顔色一つ変えることなく穂先《ほさき》を抜《ぬ》き取《と》り、

「戦場で遊ぶな。一瞬《いっしゅん》の判断の差が生死を分ける」

「はーい、なっ！」

「ごはあっ！」

「がふあっ！」

不満げな間延びした返事をしつつも、ヒルデガルドは目の前の兵をまと、め、て、薙ぎ払う。

まるで巨大熊《きょだいぐま》のような一閃《いっせん》だった。

元々、筋力だけなら並みのエインヘリアルを大きく上回る彼女《かのじょ》である。

《戦を告げる角笛《ギャッラルホルン》》の効能により、もはやその筋力は人間離れしたものになっていたのだ。

「う、うわ……」

「な、なんだこいつら……」

「ば、ばけもんだ」

「耐《た》えろって命令だけど、こんなんどうしろってんだ」

さすがにこれには、精強で知られる《炎《ほのお》》兵たちもたじろぐ。

見た目は二人とも、華奢《きゃしゃ》な体躯の美少女である。

それが一騎当千《いっきとうせん》の働きをするのだ。

いかに鍛《きた》えられていようと、神秘の力を感じ、畏怖《いふ》を覚えるのは当然だった。

そして若いとは言え、百戦錬磨《ひゃくせんれんま》の戦《いくさ》の申し子ジークルーネがその絶好の勝機を見逃すはずもない。

「遠からん者は音にも聞け！　近くば寄って目にも見よ！　我《わ》が名はジークルーネ。《鋼《はがね》》の『最も強き銀狼《マーナガルム》』なり！」

大声で名乗りを上げ、敵の恐怖を煽《あお》っていく。

その効果は覿面《てきめん》で、動揺《どうよう》が瞬く間に伝播《でんぱ》していく。

「死にたくば逃げよ。去る者は追わぬ！　だが、刃向《はむ》かってくるなら死あるのみ！」

その言葉を証明するように、ジークルーネは敵を斬《き》り払っていく。

「やあやあ我こそは、そのジークルーネが妹分にして、『最も強き銀狼《マーナガルム》』の後継者、『炎髪《えんぱつ》の猛獣《もうじゅう》』ヒルデガルドなり！　我が槍《やり》の錆《さ》びになりたくなければ道を開けるがいい！」

隣《となり》ではヒルデガルドも、大声で口上を張り上げている。

後継者に指名した覚えもなければ、炎髪の猛獣などという二つ名も初耳なのだが、今それを突っ込んでは敵にかけている圧力が弱まる。

もっとも――

「うあああっ！」

「ひぃぃっ！」

今やその大層な名に見合う程度には強くなっていたが。

ジークルーネより腕力《わんりょく》で勝るヒルデガルドの剛槍《ごうそう》は、多勢を相手にするのに向いている。

しかも、もう入団したばかりの頃のような、ただの力任せではない。

一年以上、ジークルーネにみっちりしごかれ、その槍さばきには洗練された術理がある。

ジークルーネの動きも誰よりも熟知している。

今や彼女以上に背中を安心して預けられる者はいなかった。

「はあああああっ！」

「やあああああっ！」

そして、息の合った戦いぶりをするこの二人を、雑兵《ぞうひょう》ごときが止められるはずもない。

二人を先頭に、親衛騎団《ムスッペル》は敵陣を割り開いていく。

キィン！　キィン！

だが、快進撃《かいしんげき》はいつまでも続かない。

二人の槍を受け止める騎馬武者たちが立ちはだかる。

ともにど派手な赤い装束を身に着けた二〇代半ばほどの若者と、三〇代前後の無精髭《ぶしょうひげ》の男である。

第一印象は、とにかくでかい、だった。

ユグドラシルでは成人男子の身長はだいたい一五〇センチほどなのだが、それより頭一つ抜けている。

だからといってひょろっとしているわけでもなく、がっしりと筋肉がついている。

明らかにこれまでの雑兵たちとは違う強者《つわもの》の雰囲気《ふんいき》を漂《ただよ》わせていた。

「せええいっ！」

「おおおおっ！」

馬足を止めてさらに十数合打ち合うも、ジークルーネの攻撃《こうげき》は、すべて平然と受け切られてしまう。

ヒルデガルドのほうも同様のようだった。

「気をつけろ、ヒルダ！　こいつら、只者《ただもの》じゃない。エインヘリアルとしても別格だ」

「言われなくたってわかってます……よ！」

やけくそ気味の返事とともにヒルデガルドと無精髭の男の槍が交差し——

ともに弾かれ、二人とも身体《からだ》をよろけさせる。

それはつまり、《鋼《はがね》》の中でも別格の筋力を誇《ほこ》り、《戦を告げる角笛《ギャッラルホルン》》で強化までされているヒルデガルドと同等の攻撃の重さがあるということだ。

「……名を聞いておこうか」

そう簡単に倒せる相手ではないと判断し、ジークルーネも一旦距離《いったんきょり》をとりつつ問う。

これはもう二人とも、名の知れたエインヘリアルに間違いなかった。

「あのジークルーネに名前を聞いてもらえるとは光栄だね。俺《おれ》は《炎《ほのお》》五剣《けん》が一人リューサイだ。ふふっ、あのシバ殿《どの》に勝ったという貴女《あなた》とは一度、矛《ほこ》を交えてみたいと思っていた」

若者が敵対しているとは思えぬ人懐《ひとなつ》っこい笑みとともに楽し気に答えれば、

「拙者《せっしゃ》はアラコ。同じく《炎《ほのお》》五剣が一人である」

無精髭の男は、淡々《たんたん》と武骨に名乗りを上げる。

「なるほど、道理で腕《うで》が立つわけだ」

《炎《ほのお》》五剣は、《炎《ほのお》》で最強の武人五名に与えられた称号《しょうごう》である。

《炎《ほのお》》ほどの大国である。

おそらく数十人単位のエインヘリアルがいるはずだ。

その中でも選《え》りすぐられた五人、弱いはずがなかった。

「おいおい。もう始めてんのか。おいらも混ぜてくれよ」

「遅《おそ》いぞ、ガトゥ」

「相変わらずノロマだなぁ」

そこにさらに、彼《かれ》らと同じく赤い装束に身を包んだ男が現れる。

先の二人は均整の取れた美丈夫《びじようふ》であったが、彼は背も低く、ずんぐりむっくりとした体躯である。

だが――

ブゥン！

新たに現れたその男――ガトゥが慣らしとばかりに槍を一閃する。

それだけで、わかってしまう。

この男は、先の二人よりさらに強い、と。

(勝てるか、今のわたしとヒルダで？)

心の中でジークルーネは自問自答する。

筆頭のシバの力は実際に相対したジークルーネがよくよく思い知っている。

単紋ながら、双紋《そうもん》のエインヘリアル、ステインソールに勝《まさ》るとも劣《おと》らぬ化け物だった。

先のグラズヘイム北部での戦いで相対した《炎《ほのお》》五剣のヒューガも、『波の乙女《おとめ》』が数人がかりでも負傷者を出しながらやっと倒せたと聞いている。

そんな二人と同格の連中。

えない。

《戦を告げる角笛《ギャツラルホルン》》の付与《ふよ》があるとはいえ、ジークルーネは右手を負傷し左手一本しか使えない。

しかも数的不利まである。

なかなかに厳しい戦いになりそうだった。

一方その頃――

左翼《さよく》の遊撃隊《ゆうげきたい》を任されたスィールもまた、強敵と遭遇《そうぐう》していた。

「ちぇっ、強い力を辿《たど》ってきたけど、こりゃハズレかな」

つまらなさげに唇《くちびる》を尖《とが》らせてそう言ったのは、戦場の雰囲気にはそぐわぬ、一〇歳《さい》ほどの少女である。

声や口調にも多分に稚気《ちき》が残る。

だが、見た目で判断してはいけない人物なのは、周囲に転がる《鋼《はがね》》兵たちの死体を見れば明らかだった。

彼女から感じる圧も半端《はんぱ》なものではない。

会ったことはない。

だが、その名はスィールもよく知るところである。

彼女の名はホムラ。

敵の総大将織田信長の愛娘《まなむすめ》にして、人外の力を有する双紋のエインヘリアルだった。

ACT 3

「撃《う》て撃て撃てーっ！　じゃんじゃん放り込め！」

ハウグスポリの号令の下、弩が一斉に射撃音《しゃげきおん》を響《ひび》かせる。

風を切って玉は進み——

ドォン！　ドォン！　ドォン！

次々と爆発音が起こる。

《鋼《はがね》》のお得意戦術てつはうによるかく乱である。

爆発の恐怖《きょうふ》に敵兵は怯《ひる》み、すごすごと引き返していく。

だが、ハウグスポリの顔色は優れなかった。

「……無《む》駄《だ》打ちさせられたか」

ふうっとハウグスポリは無念を滲《にじ》ませる溜《た》め息《いき》をこぼす。

よくよく見れば、てつはうの爆発により負傷した兵の姿はまったく見当たらない。

《鋼《はがね》》がてつはうを用いることは、すでに《炎《ほのお》》兵は嫌と言うほど思い知っていることだろう。

そこで攻《せ》め込むと見せかけて無駄玉を使わせ、玉が切れたところを一網打尽《いちもうだじん》にしようといったところか。

まともに喰《く》らえば、数人から十人近くが巻き込まれ、負傷するのだ。

いくら兵力で圧倒《あっとう》しているといっても、やはりてつはうの一斉射撃《いっせいしゃげき》は脅威《きょうい》なのだろう。

状況《じょうきょう》に即《そく》した妥当《だとう》な戦術だとハウグスポリも思う。

「どうやらこりゃ、完全に見透《みす》かされているなぁ」

自分が敵将だったならば、同じような作戦を立てていただろう。

ここまで《鋼《はがね》》は、グラズヘイム南部を焼《や》き払った火計にてつはうにと、火薬を使い続けてきた。

だが火薬は生産が難しく、量を揃えにくい代物《しろもの》だ。

しかも包囲され、籠城《ろうじょう》という補給が厳しい状況である。

《鋼《はがね》》に残された火薬は、もうあとわずかになっていた。

「これで敵を食い止めろとか、無茶《むちゃ》を言ってくれたもんだぜ」

ハウグスポリの任務は、東部より押し寄せてきているこの《炎《ほのお》》東軍を、グラズヘイム南部で行われている本隊同士の戦いに介入《かいにゅう》させないことである。

とは言え、《炎《ほのお》》東軍二万に対し、こちらは二〇〇〇。

もちろん、真っ向からぶつかるような愚《ぐ》は犯《おか》していないが、兵力の差は一〇倍とあまりといえばあまりな差であり、正直、かなり厳しい状況であった。

「「「「おおおおっ!!」」」」

「ちぃっ、もう新手か。なら次は空《から》です！」

ヒュン！　ヒュン！　ヒュン！

再び玉が空を飛翔《ひしょう》し——

攻めようとしていた《炎《ほのお》》東軍が再び急停止、整然と後退していく。

まったく小憎《こにく》たらしい限りである。

「だからこそ、狙《ねら》い通りだがな」

にんまりとハウグスポリは勝《か》ち誇った笑《え》みを浮《う》かべる。

放った玉は次々と地面に着弾《ちゃくだん》し、ガシャンガシャン！　と乾《かわ》いた音を響かせるのみである。

一切《いっさい》、爆発しない。

別に不発だったわけでもない。

ただ火薬を詰《つ》めていなかっただけである。

「兵は詭道《きどう》なり、ってな」

勇斗《ゆうと》から習い、リネーアがしばしばそらんじている孫子の一節である。

先のグラズヘイム北部の戦いの前に、フヴェズルングが提案していた策だった。

《炎《ほのお》》兵は散々、こちらのてつはうを目の当たりにしている。

ならば空っぽの壺《つぼ》を投げればてつはうと誤認《ごにん》するのではないか、と。

結果はずばりである。

敵はてつはうをどうしても警戒《けいかい》せざるを得ず、進撃《しんげき》の足が鈍るのだ。

「よし、次も、その次も空だ」

幸い空の壺なら、無人の街と化したグラズヘイムにそれこそ腐《くさ》るほどあった。

残弾の心配はまったくない。

「だ、大丈夫《だいじょうぶ》なんですか、それ⁉」

副官が、思わず問い返してくる。

その顔を見て、ハウグスポリはすぐに彼の言いたいことを察する。

「あんまり続けると、ブラフだとバレる？」

「は、はい」

「いいじゃないか。むしろそう思わせられたらしめたものよ。そら、早速《さっそく》来たぞ」

再び《炎《ほのお》》東軍がうごめき、こちらの射撃《しゃげき》と同時に波が引くように下がる。

そんなことをさらに二回ほど繰《く》り返《かえ》し――

「「「「おおおおおっ!!」」」」

こちらが空玉を投擲《とうてき》した瞬間、むしろ東軍が加速する。

ガシャン！　ガシャン！

投擲された壺が、《炎《ほのお》》兵の盾《たて》にぶつかり次々と砕《くだ》け落ちる。

爆発《ばくはつ》はしない。

《炎《ほのお》》軍の進軍も、止まらない。

「かかった。今度は本物をお見舞《みま》いしてやれ！」

ドォン！　ドォン！　ドォン！

「ぎゃああっ！」

「ぐおおっ!?」

「熱っ！　熱っ！」

次も空玉と見込んで突っ込んできた《炎《ほのお》》兵が、ものの見事に爆発に巻き込まれ、慌《あわ》てふためく。

「とどめ！　もう一回本物をお見舞いしてやりな！」

ドォン！　ドォン！　ドォン！

「うわあぁっ！」

「ひぃぃぃぃっ！」

「くそっ！　何が敵の火薬は尽きただよ！」

たちまち《炎》《ほのお》軍は恐慌《きょうこう》状態となり、情けない悲鳴とともに引き返していく。

兵農分離《ぶんり》された精強なる《炎》《ほのお》兵らしくはない。

おそらく、徴兵《ちょうへい》された半農兵のほうだろう。

こちらのてつはうが本当に尽きたかどうか、その確認《かくにん》のための捨て石といったところか。

「そりゃあ当然、はったりの警戒ぐらいするか」

最小限の被害《ひがい》で、こちらの状況をしっかり確認。

まんまと本物のてつはうを使わせもした。

用心深さと、人を使い捨てられる冷酷《れいこく》さ、どうやら東軍の将は、なかなかに優秀らしい。

「それもすでに、こちらの術中なんだがな」

ハウグスポリはくくっと意地悪く笑う。

前述の通り、ハウグスポリたち別動隊の目的は勝つことではなく、あくまで東軍を本隊同士の決戦に介入させないことである。

つまるところ、時間稼《かせ》ぎができればそれでいいのである。

相手が慎重《しんちょう》になればなるほど、こちらは目的を遂行《すいこう》できるのだ。

すべてフヴェズルングの計算通りである。

今頃《いまごろ》はグラズヘイム西でも、《炎《ほのお》》西軍を相手に、ナルヴィ率いる遊撃隊が、同じくこの空打ちを混ぜたてつはう牽制《けんせい》を実行していることだろう。

ナルヴィはフヴェズルングの《豹《ひょう》》時代からの配下で、独立騎《き》兵《へい》団でも副将を務めていた男である。

一撃離脱《いちげきりだつ》戦法を熟知し、当人もエインヘリアルという有能な将だ。

きっちりそちらでも敵の侵攻を食い止めていてくれるはずである。

「大した男だぜ、ほんと陛下は。まあ、あの仮面の野郎《やろう》も、な」

北部での戦いで使用した時は、一度限りの奇策《きさく》ぐらいの認識《にんしき》だったが、とんでもなかった。

むしろ今のような防衛戦において、弾薬《だんやく》も兵も少なくなった状態で敵を食い止めるには最良の策だと言える。

だから勇斗も、彼の提案を絶賛したのだ。

二人とも、すでにこの絵図が見えていたのだ。

「いったいどれだけ先を見通していたのか」

ゾクゾクッと背筋に冷たいものを感じながら、ハウグスポリはつぶやく。

まったく恐ろしい男たちだった。

「とはいえ、いつまでもたせられることやら……」

てつはうが残り少ないことは、まごうことなき事実なのだ。

いくら空打ちを混ぜたといっても限度がある。

《鋼《はがね》》に残された時間は、そう長くないのは確かだった。


「なんという神力《アースメギン》だ……対峙しているだけで押し潰《つぶ》されそうだ」

スィールはゴクリと思わず唾《つば》を呑《の》み込む。

目の前にいるのはまだほんの童女である。

にもかかわらず、向き合っているだけで恐怖で身体がすくむ。

ヒミンビョルグ山脈の高山地帯にのみ棲息《せいそく》するという伝説の大狼ガルムと対峙しているような、まさしくそんな心境だった。

「ひーふーみーよーいつむう、へえ、エインヘリアルが六人かぁ。ずいぶんいるなぁ」

ホムラがスィールたちを一人ひとり指さし数え、感心したような声をあげる。

万人《まんにん》に一人と言われるエインヘリアルだ。

そんな希少な存在を六人、敵として遭遇することなど、普通《ふつう》はまずないといっていいだろう。

「はあ、めん〜どくさ。さっさとあのフヴェなんとかって仮面の男を見つけないといけないのに。他の連中にとられるわけにはいかないいし」

ホムラはなんとも不服そうに唇を尖らせてブーたれている。

自分の思考に没頭《ぼっとう》しているらしく、スィールたちが一瞬呆気《いっしゅんあっけ》にとられるほどに隙《すき》だらけであった。

「っ！」

その隙を見逃《みのが》さず、波の乙女の一人が弾けるようにホムラに突っ込む。

いや、恐怖により、活路を求めて思わず攻撃せずにはいられなかったというのが正確なところか。

「ま、待てウズ！」

スィールは慌てて制止の言葉をかけるも――

ザシュッ！

その時にはすでに、ホムラの電光石火の一撃《いちげき》によりウズの首は宙を舞《ま》っていた。

「あれ？　こんなのも防げないの？　弱すぎない？　エインヘリアルじゃなかったっけ？」

殺した本人が、きょとんとしている。

ウズの名誉《めいよ》のために言うならば、彼女は決して弱くはない。

エインヘリアルの中には、生まれ持った天賦《てんぷ》の才にあぐらをかき、ほとんど訓練をせずその強さに磨《みが》きをかけていない不届き者も少なくないが、ウズは『波の乙女』の一員として、スィールが幼少の頃《ころ》より厳しく鍛え上《あ》げている。

《角《つの》》の四炎《フリージンガメン》ハウグスポリや、勇斗の護衛を務める副官フェリシアとほぼ同等レベルの実力はあるはずである。

それがたった一撃……。

「まさかそんな……ウズ……」

正直、スィールは今目の前で起きたことが、うまく呑み込めないでいた。

手塩にかけて育てた娘《むすめ》が死んだというのに、あまりにあっけなさすぎて現実感がないのだ。

こんなことがあるはずがない、あっていいはずがない、と。

「よ、よくもウズをっ！」

「っ！　待てっ！」

仲間の死に激昂《げきこう》する波の乙女の声に、スィールはハッと我に返り慌てて制止する。

「その娘は双紋のエインヘリアルだ。迂闊《うかつ》に攻め込むんじゃない！」

直接には知らないが、スィールは祝勝の宴《うたげ》の折に、《角《つの》》の若頭補佐《ほさ》ハウグスポリより《雷《いかづち》》の宗主《パトリアーク》スティンソールの化け物じみた強さを聞かされたことがあった。

いわく、エインヘリアル七人がかりで包囲して攻め立《た》てたというのに、まったく相手にならなかった、と。

その中には、『最も強き銀狼《マーナガルム》』ジークルーネと、彼女と同等、あるいは凌駕《りょうが》するとさえ言われた故スカーヴィズもいたというのに、だ。

さすがにまだ年端《としは》もいかない童女がそこまでの域にあるとは考え難《がた》いが、それでも警戒に警戒を重ねても、しすぎるということはない相手だった。

「五人がかりでいくぞ。子供だからと甘く見《み》るな。罪悪感を覚える必要もない。どんな卑《ひ》怯《きょう》な手もためらうな！」

スィールは一気にまくしたてる。

その間、わずかもホムラから目を離《はな》していない。

一挙手一投足を見逃すまいと凝視《ぎょうし》していた。

そして、その初動をとらえる。

だが、その加速は彼女の想像をはるかに超えていた。


「やあああああっ！」

「おおおおおっ！」

裂帛《れっぱく》の咆哮《ほうこう》とともに、ヒルデガルドは敵エインヘリアルと打ち合っていた。

確か名をリューサイとか言ったか。

二〇代半ばの、口を開けば浮《うわ》ついた言葉ばかりを並べる、なんとも軽佻浮薄《けいちょうふはく》な男である。

だが――

「ぐうっ！」

打ち負《ま》け、上体を反らしたのはヒルデガルドのほうである。

衝撃《しょうげき》に手がびりびりと痺《しび》れる。

若干《じゃっかん》ではあるが、一撃の威力《いりょく》でヒルデガルドを上回っている。

ヒルデガルドは《戦を告げる角笛《ギャッラルホルン》》で強化されているにもかかわらず、だ。

つまり本来の力は彼女より上ということになる。

「はああっ！」

畳《たた》みかけるように、リューサイが槍を振《ふ》り下《お》ろしてくる。

体勢の崩《くず》れた今のヒルデガルドには間に合わない。

「くっ！」

咄嗟《とっさ》にヒルデガルドは馬腹を蹴《け》って愛馬を突っ込ませる。

馬と馬の頭がぶつかり合い、敵騎《き》馬《ば》を弾《はじ》き飛ばす。

「ふう、助かったよ、スクルド」

安堵《あんど》の吐《と》息《いき》とともに、ヒルデガルドは愛馬をねぎらう。

すんでのところで窮地《きゅうち》を脱《だっ》したが、今のはかなり股間《こかん》がむずっとするやり取りだった。

「いやぁ、かわいいのにやるねぇお嬢《じょう》ちゃん。嫁《よめ》に欲《ほ》しいぐらいだよ」

トントンと槍で肩《かた》を叩《たた》きながら、リューサイが軽口を叩いてくる。

その余裕《よゆう》にヒルデガルドは強い苛立《いらだ》ちを覚えるも、何とか抑《おさ》える。

形勢不利だというのに、ここで冷静さを欠いてはただでさえ少ない勝機がなくなってしまう。

（ルー姉は……）

リューサイに意識を向けながらも、横目で姉貴分の姿を探す。

彼女も敵エインヘリアルと激戦を繰り広《ひろ》げていた。

押《お》しているのは、明らかに敵のほうである。

それも仕方ないと言えば仕方なかった。

ジークルーネは利き手を負傷しており、敵は二人がかりなのだから。

「やるよねぇ、あの子。あの二人を相手に大したもんだ。さすがはシバの叔父貴《おじき》を倒《たお》しただけはあるね」

ヒルデガルドの視線に気づいたのだろう、リューサイが感心した声をあげる。

ピクピクッとヒルデガルドのこめかみが痙攣《けいれん》する。

「なめっ！　～～っ！」

思わず叫《さけ》びそうになるも必死にこらえ、

（なめんな！　ルー姉が本調子だったらあんな奴《やつ》ら、もうとっくに死体になってるってーの！　この節穴が！）

心の中で喚《わめ》き散らす。

《炎《ほのお》》にはまだジークルーネの負傷は知られていないはずだ。

敵にわざわざ弱点を教えてやる義理などない。

「しかもあれほどの美女はそうはいない。是非《ぜひ》ともお相手願いたかったなぁ」

なんとも残念そうに、リューサイは嘆息《たんそく》する。

「だったらなんであっさり譲《ゆず》ったのよ、あの二人に」

「いやぁ、大の男があんな華奢な美女を二人がかりとか、傍目《はため》にはめちゃくちゃ格好悪いだろう？」

ニッとリューサイは茶目《ちゃめ》っ気《け》たっぷりに片目をつぶる。

瞬間《しゅんかん》、ヒルデガルドは激しい嫌悪《けんお》感を覚える。

最初から何か気に入らないと思っていたが、今、それが決定的になった。

「けっ、あたしだって華奢な美少女だけどね」

「ははっ、だから逃《に》げたいなら逃げていいぜ。追わない。戦場の習いとして、降りかかる火の粉は払うが、正直、女を殺《や》るのは後味が悪い」

「ほ、ほ～」

声が震《ふる》えているのが自分でもわかった。

今のはかなりカチンときた。

女だからと見下す部分もむかついたが、それ以上に、ヒルデガルド自身も『降りかかる火の粉』扱《あつか》いである。

彼にとってはその程度の敵としか見られていないということだ。

さすがに見過ごせなかった。

「あ、それとも投降する？　俺の嫁さんにならない？」

ぷちん！

「誰《だれ》がなるかああああっ！」

その咆哮を合図に、再び戦闘《せんとう》の火蓋《ひぶた》が切られた。


「……大丈夫なんだろうな、あいつは」

なんとも聞き覚えのある雄叫《おたけ》びに、ジークルーネは思わず眉《まゆ》をひそめる。

妹分にして愛弟子《まなでし》ヒルデガルドの最大の弱点は、そのお調子者なところである。

一時の感情に振り回《まわ》され冷静さを欠き失態を犯す、というのが定番になっている。

普段《ふだん》であれば、ジークルーネがそれとなくフォローしてやるところなのだが、

「人の心配とは、まだまだ余裕だな」

「ふっ、それでこそ倒し甲斐《がい》がある」

無精髭の男アラコと、ずんぐりむっくりな男ガトゥが表情を引《ひ》き締《し》め、剣呑《けんのん》な殺気を放

ち始める。

どうやら余裕と取られ、敵愾心《てきがいしん》を煽ってしまったらしい。

だが正直なところ、ジークルーネには余裕など欠片《かけら》もない。

なにせすでにもう、二人の猛攻《もうこう》によって切り札であるところの『神速の境地』に入ってしまっているのだから。

「行くぞ！」

「どりゃああっ！」

「ぐっ！　ぬっ！」

突っ込んできたアラコの槍を弾き上げ、間髪容《かんはつい》れずに振り下ろされるガトゥの振り下ろしを柳《やなぎ》の技法で受け流す。

かと思えば体勢を立て直したアラコが再び槍撃《そうげき》を繰《く》り出《だ》してくるのを紙一重《かみひとえ》でかわし、ガトゥの薙《な》ぎ払《はら》いを力が乗り切る前になんとか弾き落とす。

これらすべて、ほんの刹那《せつな》の攻防《こうぼう》である。

神速状態の時間感覚だからこそできる、神業《かみわざ》じみた芸当だ。

（さて、どこまで体力が保《も》つか）

この『神速の境地』は、肉体的な消耗《しょうもう》がとにかく激しい。

しかも、だ。

この奥《おく》の手《て》を用いてもなお、現状、防戦するのがやっとなのである。

攻撃する余裕などまったくないのだ。

体力的にはまだ多少の余裕があるが、このままではじり貧になるのは目に見えていた。

(せめて水鏡の境地さえ使えればな)

シバとの死闘《しとう》の中で編み出した、敵の『意』を感じ取り攻撃を先読みするという技なのだが、この軍勢がうごめく中では『意』があまりにありすぎて判別がつかないのだ。

(まあ、ないものねだりをしても仕方がない、なっ！)

頭を切《き》り替《か》え、次々と敵の攻撃の嵐《あらし》を凌《しの》いでいく。

かわす。

受け流す。

弾く。

虚《きょ》の動きで牽制する。

これまでに蓄《たくわ》えた技術の粋《すい》を尽《つ》くして、さばいていく。

「遅いな、あくびが出る」

「ぬうっ！」

「なめるな、小娘《こむすめ》っ！」

ジークルーネの挑発《ちょうはつ》に、二人の顔の険しさが増す。

苦しい時こそあえて余裕を見せる。

それが師スカーヴィズから叩き込まれた危地を脱する奥義《おうぎ》であった。

実際、警戒してか攻撃の手が緩《ゆる》んだり、逆に癇《かん》に障《さわ》ったのか攻撃が粗《あら》くなったりと効果が出ている。

「とろいとろい」

せせら笑いつつ、何をしているんだあのバカは、と内心で付け加える。

言うまでもなく、あのバカとはヒルデガルドのことである。

こちらは二対一、しかも右手を負傷。

ヒルデガルドは一対一。

どちらが勝率が高いかは自明の理であった。

そして彼女《かのじょ》が今戦っている相手を倒し、援護《えんご》に来てさえくれれば、こちらも一対一となり、勝つ目も出てくる。

（ふっ、他力本願とは、わたしも焼きが回ったな）

思わず自嘲《じちょう》の笑みがこぼれる。

活路は自らの腕で切り開くのが彼女の流儀《りゅうぎ》であったからだ。

だが、不思議と違和感《いわかん》はない。むしろしっくりとくる。

本人には言ってないし、今後も言うつもりもないが、ジークルーネはヒルデガルドの実力を実は大いに買っている。

いずれ自分を超《こ》えていく逸材《いつざい》だ、とさえ思っている。

確かに、《炎《ほのお》》五剣は相当の難敵である。

だが、ヒルデガルドならば必ず勝てる。

そうジークルーネは心の底から信じ、自らの命運を託《たく》したのだ。

迷いも一切なかった。

それが最も生存率が高い、と。

なぜなら、そう。

ヒルデガルドは、彼女が一からすべてを叩き込んだ自慢の一番弟子なのだから。


「第二陣、突破されました！」

「むぅ、話には伝え聞いておりましたが、いざ実際に目の当たりにすると、凄《すさ》まじいもの

しわくちゃの顔をさらに渋面にしていたのは、《炎《ほのお》》の将軍の中で最年長を誇る重鎮サーク老である。

初陣からすでに六〇年余経《た》つが、ここまでの理不尽な突撃力はついぞ記憶になかった。

《炎《ほのお》》軍は長槍《ながやり》を密集させ交差させながら突き出す「槍衾《やりぶすま》」という戦術を採用している。

これはもう槍の壁だ。

そう簡単に突破など出来うるはずもないのだが、

「第三陣、抜かれました！　敵の勢い、止まりません！」

問答無用、いとも簡単に突き破ってくる。

『王のルーン』などと呼ばれるわけである。

軍対軍の戦いでは、これほど厄介な代物はそうそうないと断言できた。

もはや人の力とさえ思えぬ。

神の御業《みわざ》とさえ思えるほどである。

「で、あるか」

だが、当の総大将たる信長の声は、実に淡々としたものであった。

その声にはわずかの焦燥もない。

まったく頼もしい限りである。

「どうなさいます、大殿《おおとの》？　このままでは一気に持っていかれますぞ」

まずそうはなるまいと内心思いつつ、サーク老は問う。

信長がどう対応するのか、単純に好奇心が湧いたのだ。

「別にこのままじゃ」

「は？」

「これはすでにもう、何度も見たからのぅ。対策はすでに整えてあるわい」

信長はニィッと口の端を吊《つ》り上げて見せる。

なるほど、この力は脅威であり、《鋼《はがね》》打倒のためには攻略は不可避のものである。

きっちり準備万端だった、というわけだ。

「して、どのような策で？」

「ふん、見ておればいずれわかるわい」

「ほう、ではお手並み拝見させて頂きましょう」

こうまで自信満々に言われては、サーク老も引き下がる他ない。

これ以上問うても、信長の気を悪くするだけだ。

とりあえず、静観して様子見することにしたが、

「第四陣、破られました！」

「第五陣、突破されたとのことです！」

飛び込んでくるのは、ろくでもない報告ばかりである。

これはいくらなんでもやばいのではないか。

さすがに不安になってサーク老は信長のほうを振り返る。

まったくの余裕のままであった。

その横顔を見て、はっと脳裏に閃《ひらめ》くものがあった。

「これはまさか……無限螺旋《らせん》陣⁉」

「ほう、ようやく気付いたか」

悪戯《いたずら》な子供のように、信長はくくっと笑みをこぼす。

無限螺旋陣――

幾層もの陣を構築することで、敵の勢いを削《そ》いでいくという、《炎《ほのお》》五大軍団長の一人ヴァッサーファルが得意とした防御陣形である。

だが、言葉で言うほど簡単なものではない。

敵に何度も陣を破られながら、兵の士気を保つというのは至難の業だからだ。

ゆえに、有能な将軍が綺羅《きら》星のごとく揃《そろ》う《炎《ほのお》》軍にあっても、ヴァッサーファルにしかできぬ神業と称《たた》えられていた。

それをこんないとも簡単に、とサーク老は内心舌を巻く。

やはりこの男は化け物だ、と改めて思わずにはいられなかった。

「まあ、さすがにまったく同じではないがな」

そんな彼の心情を察したか、信長は苦笑気味に言う。

「と、言うと？」

「無限螺旋陣は、事前の兵への根回しと、長期間の訓練によって可能になる戦術だ。いくら儂《わし》と言えど、一朝一夕に用いれるものではない」

「然《しか》りでございますな。それはもう人の身で為《な》せる業ではございませぬ」

「ゆえに儂は兵を分けたのじゃ。半農兵の雑兵と、戦うことが専門の武士《もののふ》とにな」

「っ⁉　つまり……今戦っているのは雑兵たち⁉」

「左様！　いくら負けたところで、本隊にはなんら影響はない」

表情を一切変えずきっぱりと言い切る信長に、サーク老はぞくっと背筋が寒くなる。

一ヶ月程度しか訓練を受けていない半農兵に過ぎない雑兵が、今の強化された《鋼《はがね》》軍に太刀打ちできるはずもない。

おそらく前線では、一方的な虐殺が繰り広げられているに違いない。

つまり、信長は約二万にものぼる雑兵たちを時間稼ぎの捨石として切り捨てたのだ。

まさしく、悪鬼羅刹の所業である。

だが、極めて有効な策ではあった。

兵農分離により職業軍人となった正規兵は、必然的にと言うべきか選良意識がある。

実際にこの一月《ひとつき》の間、訓練を間近で見、雑兵たちの低レベルさにその意識をさらに強めたに違いない。

雑兵の彼らが大負けしたからと言って、烏合《うごう》の衆なのだから仕方ないと、あくまで自分たちは違うと判断するはずだ。

それだけの訓練を、彼らは長い間積んできたからだ。

つまり、雑兵二万が総崩れになったところで、後ろの本隊二万の士気はまったく落ちない。

その鍛えに鍛えた精鋭を温存し、《鋼《はがね》》兵の力が尽きたところに満を持してぶち当てる。

まさに肉を切らせて骨を断つ、捨て身にして必勝の策であった。

「思い通りにゆくとは毛ほども思ってなかったが……やはり織田信長自ら率いる軍は強い

た。

《鋼《はがね》》本隊の後方では、勇斗が険しい表情でつぶやいていた。

《戦を告げる角笛《ギャッラルホルン》》を使った瞬間、攻めてきていたはずなのに、即座《そくざ》に守りを固めに入った。

白兵戦に持ち込むきっかけを作ったあの赤備え隊も即座に下げ、両側面の救援《きゅうえん》に向かわせている。

勇斗のように、敵の位置や動きを察知するルーンを持っているわけではないのにもかかわらず、だ。

凄《すさ》まじい嗅覚《きゅうかく》である。

やはり小国から天下を獲《と》る寸前までいった男は違《ちが》うと言うしかない。

「下手な小細工は、多分、逆効果だな」

からめ手は、敵の虚を衝《つ》くからこそ効果があるのだ。

早々にバレれば、逆にこちらが大きなしっぺ返しを食いかねない。

「やはりいささか無謀《むぼう》だったのでは？」

クリスティーナが淡々と指摘《してき》してくる。

相変わらず、言いにくいこともズバッと言ってくれる娘である。

だからこそ、重宝しているのだが。

「それは百も承知だ。だが、《鋼》《はがね》が勝つにはこれしかない」

そう、無茶な作戦なのは最初からわかっている。

いくら《戦を告げる角笛》《ギャッラルホルン》があるからといっても、倍以上の兵力を持つ相手に正面から突っ込むなど、正気の沙汰《さた》ではない。

だが、もう賽《さい》は投げられたのだ。

ここでの迷いは、逆に兵を不安にさせ、動揺《どうよう》を生むだけだ。

「ここで全《すべ》てを出し切る。このまま突っ込むぞ。俺《おれ》も前線に上がる」

「そんなっ！　危険です！」

「今は上がらない方がむしろ危険だ」

確かに今は《戦を告げる角笛》《ギャッラルホルン》の効果もあり、勇斗が前線に上がったところで、士気が鼓舞《こぶ》されることはないだろう。

だが、より近くで敵の動きを感じ取りたかったのだ。

トランシーバーによる言語の情報だけでは、やはり抜《ぬ》け落《お》ちるものがある。

戦の流れだけは、肌《はだ》感覚でしかわからない。

相手は織田信長だ。

一瞬《いっしゅん》の判断ミスで、一気に戦いの流れを持って行かれかねない。

わずかの異変も見逃すわけにはいかなかった。

「……とは言っても、さすがにやはり正面突破《とっぱ》は厳しいな」

最も層が分厚く、かつ防御《ぼうぎょ》も固めている。

それにこのアリ地獄にはまったような感覚には覚えがある。ヴァッサーファルの縦深防御だ。

これを短時間で切り崩すのはさすがに現実的とは言えなかった。

天秤《てんびん》のバランスを崩す一石が必要だ。

「頼《たの》んだぜ、ルーネ、スィール」

その役目はやはり、この二人を置いて他に考えつかなかった。

ジークルーネ率いる親衛騎団《ムスッペル》と、スィール率いる波の乙女は現状、《鋼《はがね》》内で突出《とっしゅつ》した攻撃力《こうげきりょく》・突破力を誇《ほこ》る。

後はもう、彼《かれ》らを信じて任せるのみだった。

「そりゃそりゃそりゃあっ！」

気合の掛《か》け声《ごえ》とともに、ヒルデガルドは連続突《づ》きを繰り出す。
並みの兵士ならば、三撃が一撃に見えたであろう高速の攻撃《こうげき》であったが、
「おおー、今のはちょっと危なかったな」
リューサイは感嘆《かんたん》の声を上げつつも、あっさり全てをさばいてしまう。
その表情にも、言葉とは裏腹に余裕の笑みが浮かぶ。
ピキッとヒルデガルドのこめかみがひくつく。
「ふざけるな！」
吐《は》き捨《す》てながら、ヒルデガルドは槍《やり》を斜《なな》めに振り下ろす。
リューサイも槍を振って、弾き返す。
そのまま馬上での打ち合いになる。
一〇合。
二〇合。
三〇合。
一向に勝負はつかない。
とはいえ攻撃しているのはヒルデガルドのみ。
一見、ヒルデガルドが圧倒《あっとう》しているように見える。

だが、内実は別である。

「あーもうっ！　守ってばっかいないでちっとは攻撃してこいっての！　金玉ついてんのかてめえ！」

「ははは、ついているから、女の子は攻撃しないのさ」

ヒルデガルドの猛攻をしのぎながら、リューサイはのたまう。

そう、ヒルデガルドが一方的に攻め立てているのは、単にリューサイが防御に徹《てっ》し反撃《はんげき》してこなくなったからなだけなのだ。

「嘘《うそ》こけっ！　最初の方は仕掛《しか》けてきてたろうが！」

「えーっ、そうだったっけ？」

「ぐぬぅっ！」

すっとぼけるリューサイに、ヒルデガルドの苛立ちは募《つの》る。

いやがおうでも、理解せざるを得ない。

完全に、彼女の攻撃は見切られている。

もう絶対にやられないという自信があるからこそ、リューサイは女を殺したくないという信条を優先しているのだ。

ヒルデガルドにとってこれほどの侮辱《ぶじょく》はなかった。

「怒《おこ》らない怒らない。かわいい顔が台無しだよ、ヒルダちゃん」

「ふぬぅっ！　ヒルダちゃん呼ぶなぁっ！」

「いい加減にしろヒルダァっ！」

ヒルデガルドの憤怒《ふんど》の咆哮は、さらなる声量の一喝《いっかつ》に上書きされる。

怒号《どごう》飛び交《か》う戦場の中でもはっきりと届く声質に、頭の中を支配していた怒《いか》りが一瞬で吹《ふ》き飛《と》ぶ。

もう、これは条件反射であった。

聞いただけで、心身ともに思わず縮こまってしまう。

この声に、毎日のようにどやしつけられていたのだから。

「遊んでないでとっとと片付けろ！　いつまで待たせるつもりだ⁉」

二人を相手どりながら、ジークルーネが発破をかけてくる。

その顔にはびっしりと汗《あせ》の珠《たま》が浮かぶ。

呼吸も荒《あら》く、肩で息をしている。

利《き》き腕《うで》を怪我《けが》し、本調子には程遠《ほどとお》い。

それでも《炎《ほのお》》五剣《けん》二人を相手取り、一歩も引いていない。

その惚《ほ》れぼれするような洗練された動きに、ヒルデガルドは思わずはっとする。

記憶《きおく》が蘇《よみがえ》ってくる。

あれはそう、一年以上も昔、まだヒルデガルドが親衛騎団《ムスッペル》に入ってしばらくのことだった。

その日もいつも同様、ヒルデガルドはジークルーネとの訓練に勤《いそ》しんでいた。

「あいたぁっ！」

頭を木刀で小突《こづ》かれ、激痛にその場にうずくまる。

彼女の技量をもってすれば寸止めもできるはずなのだが、実戦の感覚を重視するジークルーネはあえてそこは止めずに打ち込むことが多い。

もちろん手加減はしてくれているのだろうが、それでも痛いものは痛いのである。

「まだまだだな、精進《しょうじん》が足りん。次！」

ジークルーネはもうヒルデガルドに見向きもせず、背を向け次の相手に木刀を突き付《つ》けている。

汗もかいていなければ、息もまるで乱れていない。

全然本気ではなく、軽く流してやっているのが丸わかりである。

（こっちは全力も全力だってのに！）

さすがにカチンときた。

木刀を握《にぎ》り締め、すうっと音も立てずにゆっくり立ち上がり、

（今だっ！）

背後から飛び掛かる。

八つ当たりなのは百も承知だったが、構うものか。

実戦を想定しているのなら、不意打ちだって上等のはずである。

（その首、へし折ったらぁ！）

殺意を込めに込め、渾身《こんしん》の力で振り下ろすも――

「へ？　ぐほぉっ!?」

後ろに目でもついているかのように、ジークルーネは身体を回転させてかわし、そのままヒルデガルドの腹部へと横薙ぎの一撃を見舞う。

「うぐぐっ……」

「何が何でも一本取ろうと言う根性《こんじょう》は買う。が、やはり基礎《きそ》が足りんな。小細工を弄《ろう》するより、まずそれを固めるんだな」

腹部を押さえて再びうずくまるヒルデガルドに、ジークルーネはいつも通り淡々《たんたん》と指摘

してくる。

不意打ちを気にしてすらいない。

「待たせたな。では、かかってこい」

それどころか、もうヒルデガルドには興味もないとばかりに、次の相手をくいくいっと手招きしている。

みじめだった。

地元周辺では男相手にも負け知らず鼻歌交じりで勝てていたし、ヨルゲンの組の食客《しょっかく》をしていた時も、《鋼《はがね》》最強とされる親衛騎団《ムスッペル》の面々との模擬戦《もぎせん》でも、それは同様だった。

それがジークルーネが相手になると、手も足も出ない。

赤子の手をひねるようにいなされてしまう。

もう彼女のプライドはズタズタ、相手の首をへし折るつもりが、折られたのは自らの鼻だったという落ちだ。

笑い話にもならない。

「ち、ちくしょうっ！　覚えてろっ！」

あまりの怒りと恥辱《ちじょく》に、ヒルデガルドは捨て台詞《ぜりふ》とともにその場を走り去る。

ムカついてムカついて仕方なかった。

「殺す！　殺す！　ぶっ殺ぉすっ！」

心を占《し》める黒い鬱憤《うっぷん》に突き動《うご》かされるように、ヒルデガルドはたどり着いた森の中で木刀を振る。

「死ね！　死ね！　死ね！　死ね！　死んじまえっ！」

なにもかもが憎《にく》かった。

自分をあっさり打ちのめしたジークルーネはもちろんだし、周囲からの馬鹿《ばか》にしたような視線も屈辱《くつじょく》だった。

あんなのと同じ時代に生まれ落とした運命にも苛立った。

だが、なにより腹が立ったのは、自らの弱さにである。

「強くなってやる！」

決意を新たに、ヒルデガルドはただひたすらに木刀を振るう。

何度も何度も。

元来、彼女は、怠《なま》け者《もの》である。

入団当時、仕事を先輩《せんぱい》に押し付け、サボっていたぐらいだ。

訓練だってしなくていいなら毎日寝《ね》て過ごしたいのが本音だ。

「ずぇったい勝ぁつ！」

だがそれ以上に、彼女は負けず嫌《ぎら》いだった。
負けたままでいるなど、プライドが許さないのだ。
なぜこれまで、才能に甘えてきた？
身を入れて訓練してこなかった？
自らへの怒りが、狂《くる》おしいほどに身体《からだ》を突き動かす。
振って振ってとにかく振り続けて、
「ほう。てっきり田舎《いなか》に逃げ帰《かえ》ったかと思ったが、感心じゃないか」
不意に背後から、今一番聞きたくなかった声がした。
気が付けばもうすっかり陽《ひ》が沈《しず》み、辺りは真っ暗になっていた。
いつの間にかマメが潰れていたのだろう、ズキズキと手のひらも痛み出す。
だが、それよりも痛いのは心だった。
「……何の用っスか？」
背中を向けたまま、ヒルデガルドはぶっきらぼうに返す。
そうやって強がってでもいなければ、悔《くや》しさで涙《なみだ》がこぼれ声が震えそうになるのだ。
それをこいつにだけは見せたくなかったし、気づかれたくなかった。
「いや、単に散歩していたら見かけたから、声をかけただけだ」

「っ！」

ギリッとヒルデガルドは奥歯《おくば》を噛《か》み締める。

自分など眼中にないと、改めて突きつけられる。

「だが、そうだな。あえて苦言を呈《てい》するならば、そんなただ闇雲《やみくも》に剣を振っているだけでは、一生わたしには勝てんな」

「なっ⁉」

ヒルデガルドは思わず目を剥《む》く。

一生とまで言い切られ、さすがに黙《だま》ってはいられなかった。

「そ、そんなことはわからないじゃないスか！　いっぱいいっぱい訓練して、いずれあんたなんかかるーくぶっ飛ばしてやりますよ！」

「ほう、威勢《いせい》がいいな」

ジークルーネが感嘆の声をあげる。

この時のヒルデガルドには小馬鹿《こばか》にしているようにしか聞こえなかったが、後から聞いた話では見所があると本気で感心し嬉《うれ》しく思っていたらしい。

噛みつき食い下がってくる奴のほうがこっちも張り合いがあるのに、他の連中はジークルーネが相手だとどうせ敵《かな》わないと萎縮《いしゅく》する者ばかりでつまらない、と。

そして、このやり取りを機に、ヒルデガルドはジークルーネに特に可愛がられることになるのだが、この時の彼女には全くあずかり知らぬことであり、鼻持ちならない女でしかなかった。

「けっ、せいぜいそうやって上から目線で見下していればいいっス」

悪態をつくとともに、ヒルデガルドはもう話すことはないとばかりに素振《すぶ》りを再開する。

まがりなりにも盃《さかずき》を交わした姉貴分に対する態度ではないが、構わなかった。

縁《えん》を切りたきゃ好きにしろ。

エインヘリアルである自分になら、仕官先などいくらでもある。

こんなムカつく奴と離れられるなら、万々歳《ばんばんざい》だった。

「ふむ。待て」

振り下ろした木刀を持ち上げようとしたところで、ジークルーネにスッと鞘《さや》で押さえつけられる。

「なんスか？」

「もっともっとゆっくり振れ」

「はぁ⁉　そんなの訓練にならないでしょう？」

「なるさ。とりあえず一年やってみろ」

「はぁあっ⁉　一年⁉」

ヒルデガルドは思わず素《す》っ頓狂《とんきょう》な声をあげる。

意味がまったくわからなかった。

一年もそんなことをやっていたら、筋力がすっかり落ちてしまいそうである。

「……ジークルーネの姉貴。『最も強き銀狼《マーナガルム》』の座を守るため、脅威《きょうい》となるあたしに嘘を吹き込もうとしてません？」

「ふっ、くくくっ」

ジークルーネが吹き出す。

最近は表情も豊かになったが、この頃《ころ》の鉄面皮の彼女には珍《めずら》しいことである。

「いいからつべこべ言わずやってみろ。わたしもスカーの兄貴からやらされたし、他の親衛騎団《ムスッペル》の連中にもやらせている」

「ふむぅ」

ヒルデガルドは考え込む。

彼女の言が本当かどうかは、少し聞いて回ればわかることである。

まだ少しの付き合いではあるが、彼女が謹厳実直《きんげんじっちょく》な人間であることはすぐにわかったし、こんなすぐバレる嘘をつきはしないだろう。

「しかし、なんでゆっくりがいいんスか？」

「それぐらいは自分で考えろ」

「はあっ⁉」

思わずつかみかかりそうになった。

返《かえ》り討《う》ちに遭《あ》うだけなのでなんとか堪《こら》えるも、苛立ちは募るばかりだ。

やれと言っておきながら、その意図も説明しないとかふざけているとしか思えない。

「いいからとにかくその小賢《こざか》しい頭を使って考えるんだな。そうだな、きちんと一年考えてやれば、わたしから一本取れるかもしれないぞ」


「……そういやもうあれから一年以上経《た》ってるのか、早いなぁ」

ヒルデガルドは感慨深《かんがいぶか》げにつぶやく。

まだたった一年ちょっとなのだが、随分《ずいぶん》昔に感じる。

それだけ濃密《のうみつ》な時を過ごしたがゆえだろう。

結局未《いま》だに、彼女はジークルーネからまともに一本も取れていない。

練習でなら何度かあるにはあるが、本気のジークルーネにはまだただの一度も勝てたためしがない。

それでも、いい勝負はできるようになったという自負はある。

「遊んでないで、か」

先程《さきほど》一喝《いっかつ》された姉貴分の言葉を繰り返す。

ヒルデガルドの実力を最もよく知るのが、毎日のように稽古《けいこ》をつけているジークルーネである。

そして、彼女は決して嘘は言わない人間だ。

つまり、遊ばなければヒルデガルドは《炎《ほのお》》五剣にも負けないと、ジークルーネは思っているということである。

勝って当然だ、と。

胸がジーンと熱くなってくる。

「そこまで言われちゃあ、期待に応《こた》えないわけにはいかないっスね」

ヒルデガルドはゆっくりと槍を構え直す。

肩の力を抜き、槍を握る指も緩める。

シュッ！　ガンッ！

ヒルデガルドの槍と、リューサイの槍が交錯《こうさく》する。

「うおっ⁉　あっぶねぇ。今のはほんと危なかった！」

先程《さきほど》までの余裕から一転、リューサイが青ざめた顔で息を荒げる。

だが、安心するのはまだ早い。

「おおおっ！」

ヒルデガルドは雄叫びとともに、畳みかけるように次々と連撃を繰り出していく。

「ぬ、ぬううっ！」

たちまちリューサイは防戦一方となる。

一見、先程までと一緒《いっしょ》だが、彼の顔が明らかに違った。

余裕など欠片もなく、必死そのものである。

「な、なぜいきなりこんな⁉　さっきまでとは段違《だんちが》いだぞ⁉」

「思い出しただけだよ。いつもの自分を、ね」

怒りは無駄《むだ》な力みを生み、攻撃も大振《おおぶ》りになる。

それでは攻撃の鋭《するど》さは鈍《にぶ》り、敵に今から攻撃しますよと教えているようなものだ。

だからただ、無駄な動きを極力省いた最小最短の動きを心がけるという基本に立ち返っただけである。

「リューサイ、だっけ？　確かにあんたは強い。でもルー姉の足下《あしもと》にも及《およ》ばないね」

煽《あお》りでもなんでもなく、剣を交わした末での率直《そっちょく》な感想である。

そしてヒルデガルドは、そのジークルーネと本気の打ち合いができる娘《むすめ》である。

まだ一度も勝ってないとしても、常に接戦、その力量差は紙一重といったところだ。

本来の自分を取《と》り戻《もど》してさえしまえば、格下のリューサイごときに負けるはずがないのである。

「ぐっ！」

ついに、ヒルデガルドの槍がリューサイをとらえ、頬《ほお》をざっくりとえぐっていく。

「ずあっ！」

瞬間、獣《けもの》のような咆哮《ほうこう》とともに、リューサイの槍がヒルデガルドの胸元目掛《むなもとめが》けて閃《ひらめ》く。

だが、今のヒルデガルドには丸見えである。

あっさり打《う》ち払いながら、ヒルデガルドは問う。

「あれ？　女は殺したくなかったんじゃなかったっけ？」

「あくまでたくないだけさ。殺すしかないなら仕方ない。殺すさ」

すっかり軽薄《けいはく》な仮面が剥《は》がれ、真剣《しんけん》そのものの顔でリューサイは言う。

そんな姿に、ヒルデガルドは思わず苦笑《くしょう》する。

彼を、ではなく、自分をだ。

「やれやれ、こんな簡単に言葉を翻《ひるがえ》すような小物にいいように遊ばれていたとはなぁ」

「うるさいっ！」

甲高《かんだか》く叫《さけ》ぶや、リューサイが怒涛《どとう》の勢いで槍を振《ふ》り回す。

まさしく暴風のような攻撃であったが、ヒルデガルドはその全てを軽々と迎撃《げいげき》していく。

確かに鋭く速く力強いが、才能に任せただけの粗い動きだ。

小さな無駄が無数にある。

「つなぎが甘《あま》い」

ガッ！　攻撃から次の攻撃に移る連携《れんけい》のわずかなもたつき、そこをしっかり見逃《みのが》さずヒルデガルドは攻勢《こうせい》に転ずる。

ジークルーネによく指摘され、敗北を喫《きっ》する要因になった部分だ。

そのたびにヒルデガルドは、言われた通りにゆっくりと木刀を振り続けた。

最初こそ意味がわからず面倒《めんどう》でもどかしくもあったが、意味を模索《もさく》するうちになんとなく見えるようになった。

がむしゃらに速く振っていれば、訓練したつもりにはなれる。

内実大した修行《しゅぎょう》になっていなくても、だ。

何が悪かったのか。

速ければ気づけないものが、ゆっくりだと白日の下に晒《さら》される。

誤魔化《ごまか》しが効かない。

以来、ヒルデガルドは一本一本、どうすればいいのかを思案し、試案し続けた。

実に一年以上。

気が付けば、感性だけでなんとなく剣を振り回していた彼女は、いつの間にか「なぜ？」「なんで？」「どうすれば？」と日々考えるようになっていた。

ジークルーネと模擬戦をしていても、その動きをつぶさに観察し、いいと思ったものは取り入れるようになった。

これまでも頭を使っているつもりではあった。

だが、違うのだ。

実に大雑把《おおざっぱ》で、杓子定規《しゃくしじょうぎ》で、自分も周りも見えていない。

そんなむしろ思考停止状態だったとさえ思う。

「ははっ、ルー姉には当時のあたしはこう見えていたのか」

打ち合う中でわかってくる。

リューサイの中にかつての自分がいるのだ。

ただなんとなく、感性と身体能力頼《だよ》りだったあの頃《ころ》の自分が。

なんと、なんと隙《すき》だらけで稚拙《ちせつ》だったのか!

「はああああっ!」

ヒルデガルドはリューサイの小さな欠点を一つ一つ突いていく。

どれもすべて、ジークルーネに昔、ヒルデガルド自身が指摘されたものだ。

崩《くず》し方は、それこそ手に取るようにわかった。

身体にさんざん叩《たた》きこまれているのだから。

「ははっ、あんたの槍には、あんた自身が薄いね」

打ち合いつつ、ヒルデガルドは吐き捨てる。

半ば昔の自分へ言うように。

リューサイの槍は、せっかく恵《めぐ》まれた体躯《たいく》を持っているというのに、まるで活《い》かせていないのだ。

槍とはこういうものだ、という既《き》成概念《せいがいねん》に縛《しば》られている。

当たり前を疑えていない。

一人ひとり、神から与《あた》えられた肉体は違うのだ。

自分にあった槍の振り方《かた》、さばき方、戦い方がある。

それをまったく模索していない。

それでは、本当に自分に合った最適の動きにはならないのだ。

それによって生まれるわずかな隙をヒルデガルドは的確に突き、一手ごとに確実に追《お》い詰《つ》めていく。

「がふっ！」

そして、詰め将棋《しょうぎ》のごとく予定通りの手順で、リューサイの胸元《むなもと》を貫《つらぬ》く。

間違《まちが》いなく致命傷《ちめいしょう》である。

リューサイの身体がぐらりと崩れ、馬から転げ落ちていく。

「やった！　勝ったっスよ、ルー姉！」

ヒルデガルドにとってはこれが初めての名のある大将首である。

満面の笑《え》みで一番に褒《ほ》めて欲《ほ》しい姉貴分のほうを振り返る。

「っ⁉」

そこで彼女は信じられない光景を目にする。

ありえない、あってはいけないものだった。

敵の槍を受け、ジークルーネが愛馬から落ちていくなどということは！

ホムラが消えた瞬間《しゅんかん》、スィールはバッと首を右に振る。

あまりに予想外の速さに見失ったが、起こりを捉《とら》えることで、動き自体はある程度、先読みできていたからだ。

だが、それはあくまで経験豊富なスィールだからこそであった。

「えっ⁉　あ……」

波の乙女《おとめ》の一人の胸元から鮮血《せんけつ》が噴《ふ》き出《だ》す。

ホムラの短刀で刺《さ》されたのだ。

あまりの早業《はやわざ》で、あっけなくて、刺された本人は実感が湧《わ》かないのか、自らの手についた血を見て呆然《ぼうぜん》とした顔をしている。

「コ、コールガ⁉」

スィールは思わず名を呼ぶ。

「ス、スィー……ル様……」

コールガは師に震《ふる》える手を伸《の》ばし、そのまま前のめりに倒《たお》れ伏《ふ》す。

もうピクリとも動かない。

血だまりだけが、無情に広がっていく。

「貴様……っ！」

殺意のこもった目で、スィールはホムラを睨《にら》みつける。

他の波の乙女も殺気立ち、剣呑《けんのん》な気配を漂《ただよ》わせ始める。

彼女たちにとっても、殺された二人は幼い頃から苦楽を共にし、同じ釜《かま》の飯を食って育ってきた姉妹であり、家族である。

その凄まじい憎悪《ぞうお》と怒りを一身に受け、

「うん、これこれ、この感じ。これをもう一度、経験しておきたかった」

ホムラはむしろ楽しげな笑みを浮《う》かべてみせる。

だが、すぐに不服そうに眉《まゆ》をひそめ、

「んー、でもなんかいまいちだな。あいつのはなんかもっとギザギザして凄《すご》い濃《こ》い真っ黒でおどろおどろしい感じだった」

ここにはいない別の誰《だれ》かに思いを馳《は》せ始める。

プルプルとスィールは握った拳《こぶし》を震わせる。

波の乙女は、スィールが人生を賭《か》けて作り上げた自慢《じまん》の娘たちであり、誇りである。

それが歯牙《しが》にもかけられていない。

許すわけにはいかなかった。

とはいえ、一時の感情に呑《の》まれ、飛び掛かっても先の二人の二《に》の舞《まい》になるだけである。

「皆《みな》、迂闊《うかつ》には突っ込むな！　こいつはエルナよりさらに速い！」

スィールは残る波の乙女三人に注意を促《うなが》す。

エルナは脚力《きゃくりょく》特化のエインヘリアルであり、体術においては波の乙女でぶっちぎりで最速を誇る少女である。

その彼女《かのじょ》との訓練である程度慣れているはずの波の乙女たちですら、まったく反応できなかった。

正直、言っているスィールすら信じられなかったが、現実は現実である。

「膝《ひざ》と肩《かた》だ！」

スィールの言葉に、三人がハッとなる。

「膝？　肩？」

一方のホムラはキョトンとしていた。

いまいちよくわからなかったらしい。

吸い寄せられるように、自らの膝に目を向ける。

スィールたちから目線を外して。

「っ！」

スィールはすぐさまアイコンタクトし、四人同時に襲《おそ》い掛かる。

所詮《しょせん》は子供ということか、敵を前にして他に注意をそらすなど言語道断である。

スィール自身、何人も弟子《でし》を育てた身として、年端《としは》もいかない子供に刃《やいば》を向けるのは気が大いに咎《とが》めるが、そんなことを言っていられる場合ではない。

目の前にいるのは大狼《ガルム》より凶悪《きょうあく》な生物である。

殺せる内に殺しておかねば、こちらが危ない。

「おっと」

だが、四人の攻撃は全て空を切る。

攻撃に気づいたホムラが、一瞬にしてはるか後方に飛びすさったからである。

「やっ！」

ダンッ！

ホムラは着地とともに大地を思いっきり蹴《け》って、火縄銃《ひなわじゅう》の弾丸《だんがん》のような速度で戻ってくる。

「っ！」

キイン！

スィールの鉄剣《てっけん》とホムラの短刀が交錯し、甲高い音を響《ひび》かせる。

「お？」

ホムラが驚《おどろ》いたように目を瞠《みは》る。

防がれるとは思ってもいなかったという顔である。

「なめるな！」

弾《はじ》いて、剣を返して斜めに斬《き》り降ろす。

すでにそこにホムラはいなかったが、キッと左に視線を向ける。

いた。

波の乙女のドゥーヴァと切り結んでいる。

「へえ、この人もか」

感心するホムラの背後から、もう一人、ドゥーヴァと同じ顔をした波の乙女が背後から襲いかかる。

「ほっと」

完全に死角を突《つ》いていたはずなのだが、後ろに目でも付いているのか、短刀を背中に回してあっさりと受け止める。

そこへドーヴァが斬りかかり、そのまま二人と打ち合いになる。

ドゥーヴァとレーヴァは双子《ふたご》であり、その息の合った連携が持ち味だ。

二対二ならば、エルナとフレンの波の乙女二強コンビをもしのぐであろう。

「おおー。やるじゃん」

しかし、ホムラはその怒涛の波状攻撃を余裕《よゆう》しゃくしゃくで防いでいく。

それどころか、

「くっ！」

「そんな……っ！」

あっさり攻守《こうしゅ》逆転、二人を圧倒し始める。

筋力と速度が違《ちが》いすぎるのだ。

打ち合うたび弾かれのけぞるのは、身体の大きなドゥーヴァとレーヴァのほうなのだから、一種異様な光景だった。

「っ！」

このままではやられるのは時間の問題だ、とスィールが間隙《かんげき》を縫《ぬ》って渾身の刺突を繰《く》り出す。

波の乙女の教官として多彩《たさい》な技《わざ》を持つ彼女が、その中でも最も得意とし、いざという時の頼《たの》みとする必殺技《ひっさつわざ》である。

「わわっ」

これにはさすがのホムラも慌《あわ》てた声をあげる。

タイミング的にも回避《かいひ》は不可能、前後左右に逃《に》げ場《ば》もない。

とらえた！　とスィールは確信したものだが、すんでのところでホムラは上空へと跳《と》んでかわしてしまう。

助走も全くなしに人ひとりの身長より飛び上がるなど、とんでもない脚力である。

やはり双紋《そうもん》のエインヘリアルの身体能力はえげつないというしかない。

「ヘヴ！」

だが、それはスィールたちの予測の範囲内《はんいない》であった。

彼女たち波の乙女の中にはエルナという同じことができる脚力特化のエインヘリアルがいたからである。

「おおおっ！」

スィールの掛《か》け声《ごえ》に、最後の波の乙女ヘヴが咆哮とともに斧《おの》を薙《な》ぎ払《はら》う。

空中のホムラに避《よ》ける手だてはない。

ギイン！

ホムラは咄嗟《とっさ》に短刀で受け止めるも、

「わきゃっ」

斜《なな》め下《した》の地面へと弾《はじ》き飛ばされる。

ヘヴは波の乙女一の巨躯《きょく》を誇《ほこ》り、それに見合う腕力《わんりょく》の持ち主である。

猛烈《もうれつ》な勢いで地面に叩きつけられ――

「よっ」

――る瞬間、片手をついてくるりと身体を反転、危なげなく着地する。

そのしなやかな身のこなしは、まさに猿《さる》さながらである。

「やるね、お姉さんたち。ホムラの動きが見えてるんだ」

すくっと何事もなかったかのように立ち上がり、ホムラは嬉々《きき》とした笑みを浮かべる。

一見、感嘆《かんたん》しているようではあるが、その口ぶりには大人が子供を褒めるようなニュアンスが強い。

単紋にしてはやる、といった傲慢《ごうまん》さが露骨《ろこつ》にあった。

「確かにお前の身体能力は凄《すさ》まじい。が、動きはまるで素人《しろうと》だからな」

剣を構え直しつつ、スィールは嘲笑《ちょうしょう》するように鼻を鳴らす。

肩と膝の動きに注目していれば、動き出しが簡単に読めるのだ。

来る瞬間がわかっていれば、いかに速かろうと対処するのはスィールたちクラスになれば造作もないことだった。

「なぁるほどなぁ。うん、よくわかったよ」

そう言うや、ホムラの身体からだらんと力が抜《ぬ》ける。

なんだ？　と警戒《けいかい》を強めたその瞬間だった。

ホムラの姿が視界から掻《か》き消《き》える。

「がっ！」

苦悶《くもん》の声に振り向《む》くと、ヘヴの脇腹《わきばら》が切《き》り裂《さ》かれ、血が噴き出していた。

だが、惨劇《さんげき》はそこで終わらなかった。

再びホムラの身体がその場から消失する。

「きゃっ！」

「あうっ！」

気が付いた時にはドーヴァとレーヴァ二人の身体がぐらりと崩れ、血だまりの中に沈んでいく。

「みんな⁉　ま、まさか……このわずかの間に修正したというのか⁉」

スィールは呆然とつぶやくことしかできなかった。

癖《くせ》というものはそうそう簡単に消せるものではないのだ。

波の乙女の指導教官であるスィールはそれを嫌《いや》と言うほど思い知っている。

「いいお手本があったからね」

「っ！　……我々から盗《ぬす》んだのか」

あまりの戦慄《せんりつ》に、我知らずカチカチと歯が鳴る。

波の乙女たちはスィールの指導の下《もと》、重心落下と重心移動による動き出し——後世において膝抜きと呼ばれるものを使っている。

肩の予備動作も、逆手をうまく使うことで、動きを最小にしている。

だがどれも、一朝一夕《いっちょういっせき》で身に付けられるものではない。

「ありがとうね。おかげで強くなれた。これであいつにも勝てる」

言うや、またもやホムラの姿が掻き消える。

次の瞬間には、胸に鋭い痛みが疾《はし》っていた。

俯《うつむ》けば、心臓あたりに短刀が刺さっている。

「ここまで……か……無念……」

その言葉を最後に、スィールは吐血《とけつ》し後ろに崩れていく。

弟子である波の乙女たち、親分であるファグラヴェールの顔が脳裏《のうり》に浮かんでは消えていく。

まだ死ねない。

せめて愛弟子《まなでし》たちの仇《かたき》を道連れにしたいのだが、身体が言うことを聞かない。

意識も遠ざかっていく。

「うーん、けっこう難しいなぁ。このお姉さんたちのようにはいかないや」

それがスイールが最後に聞いた声だった。

怪物《かいぶつ》は、未《いま》だ進化の途上《とじょう》であった。

『た、大変です、陛下！　ぜ、全滅《ぜんめつ》です！』

「っ⁉」

トランシーバーから流れてきたあまりに禍々《まがまが》しく不吉《ふきつ》な言葉に、勇斗はぎょっと表情を強張《こわば》らせる。

少なくとも現在、どの戦線も互角《ごかく》以上の戦いを繰り広《ひろ》げている。

いきなり全滅などという状況《じょうきょう》は、罷《まか》り間違っても起こりえないはずだったのだ。

『スィール様はじめ、左翼《さよく》の波の乙女たちが全員、討ち死《じに》なされました』

「なっ⁉　どういうことだっ⁉」

さすがにこれには、勇斗も思わず耳を疑う。

波の乙女は、《剣《つるぎ》》の誇る精鋭《せいえい》エインヘリアル集団である。

それを六人も配置したのだ。

あの双紋の怪物スティンソールでもない限り――

「……ホムラか？」

『はっ。ほとんど一瞬《いっしゅん》の出来事でした』

「そう……か」

それだけ言うのが、精いっぱいであった。

彼女たちは《鋼《はがね》》傘下《さんか》に加わったのも遅《おそ》く、さほど交流があったわけではないが、それでも顔と名前ぐらいはしっかりと覚えている。

今や腹心とも言うべきファグラヴェールやバーラにとっては大切な仲間であるし、ジークルーネやヒルデガルドも親しくしていたと聞く。

戦なのだから、知り合いの死ももちろん覚悟《かくご》はしていた。

だが、そうは言っても人間である。

いざそうなった時に、簡単に割り切れるものでもないし、心は痛む。

『指揮官を失い、現在、左翼の別動隊は瓦解《がかい》、兵たちは散り散りに潰走《かいそう》しています』

だが、現実は心の整理をつける時間さえ与えてくれない。

これで均衡《きんこう》は崩れるだろう。

《鋼《はがね》》にとって望ましくない方向に。

『敵右側面より歓声《かんせい》！　ジークルーネを討ち取ったと騒《さわ》いでいます』

「なぁっ⁉」

そこに追い打ちをかけるように、さらなるショッキングな情報が飛び込んでくる。

いくら負傷し本調子ではないとはいえ、まさかと思う。

サーッと血の気が引き、カタカタと身体が震える。

だが、ダメ押《お》しとばかりに最悪の事態は続く。

「……え？」

不意に、全身から力が抜けていく感じがした。

軽い虚脱《きょだつ》感もある。

ショックが強すぎたせいかとも思ったが、自分だけならともかく周りの近衛《このえ》兵《へい》たちも同様のようだった。

これは、まさか……

「《戦を告げる角笛《ギャッラルホルン》》が切れたのか」

下唇《したくちびる》を噛みつつ、勇斗はうめく。

予定よりはるかに短い。

このところ数日置きの連発である。無理をさせすぎ、疲労《ひろう》が相当に溜《た》まっていたのは想像に難《かた》くない。

あるいは先程の波の乙女の訃報《ふほう》のショックも大きかったのかもしれない。

だが、《鋼《はがね》》軍にとってはまさにこの秘法が生命線であった。

この『王のルーン』の力があったからこそ、三倍近い兵とやりあえていたのだ。

それが失われた今。

《鋼《はがね》》軍が総崩《そうくず》れとなるまでそう時間はかからなかった。

ACT 4

「やれやれ、ようやっと妖術《ようじゅつ》は切れたようじゃな」

ふううっと信長は大きく息を吐《つ》く。

《鋼《はがね》》の諜報員《ちょうほういん》たちには、まさしく鉄壁《てっぺき》の布陣《ふじん》で《鋼《はがね》》の攻勢を寄せ付けず、危なげなく凌《しの》いでいたようにしか見えない《炎《ほのお》》であったが、内実はそうでもない。

綱渡《つなわた》りのような采配《さいはい》を幾度《いくど》となく強《し》いられ、信長をもってしても極度の集中力を要する極《きわ》めて厳しいものだったのだ。

「儂《わし》も年じゃな。この程度で立てなくなるとは」

震えて力の入らない両膝《りょうひざ》を握《にぎ》り締《し》めながら、自嘲《じちょう》の笑みが漏《も》れる。

耐《た》え切ったという安堵《あんど》で緊張《きんちょう》の糸が切れたのだろう、どっと疲労が押し寄《よ》せてきたのだ。

倦怠感《けんたいかん》がひどく、身体が鉛《なまり》のように重かった。

「大殿《おおとの》、安心なさるには少々早いかと。こちらを油断させる誘《さそ》いやもしれませぬ」

副官を務めるサーク老が諫言《かんげん》してくる。

戦は駆《か》け引《ひ》きであり、敵の裏をかくのが孫子の時代からの兵法《ひょうほう》というものだ。

彼《かれ》の懸念《けねん》はもっともであったが、

「それはない」

信長はきっぱりと断言する。

そう簡単に切り替《か》えができるのならば、これまでだってやっていたはずだ。

その方がよほど効率的なのだから。

それをしてこなかったということは、あの妖術は相応の下準備が必要なのだろう。

あの強力さを思えば、それでも少ないぐらいの対価と言える。

「なにより、《鋼《はがね》》の兵たちの怯《おび》えが伝わってくる。兵たちは嘘《うそ》をつけぬ」

信長はニッと口《くち》の端《は》を吊《つ》り上《あ》げる。

戦場では、ありとあらゆる情報に気を張《は》り巡《めぐ》らせねばならない。

前方から漏れ聞こえてくる声には、いくつか恐怖《きょうふ》の混じったものがある。それも相当の数だ。

肌《はだ》を刺すような殺気もなりを潜《ひそ》めている。

これで偽装《ぎそう》というのはあり得なかった。

「『最も強き銀狼《マーナガルム》』を討ち取ったぞー！」

「シバ様とヴァッサーファル様の仇、取ったぞー！」

「もはや《鋼《はがね》》など恐《おそ》るるに足らず！」

左翼のほうより、兵たちの叫び声が轟《とどろ》いてくる。

これがだめ押しだった。

敵の勝利の立役者であり、《炎《ほのお》》の五大軍団長の二人をも討ち取った『最も強き銀狼《マーナガルム》』の討ち死。

これほど味方を鼓舞《こぶ》し、敵の士気をくじくものはない。

パァン！　と笑っていた両膝を叩き、気合を入れて立ち上がり、信長は叫ぶ。

「刻《とき》は来たっ！　全部隊に触《ふ》れを出せ！　追撃《ついげき》して一網打尽《いちもうだじん》にしてやるのじゃ！」


「ここまで、か」

ふうっと勇斗《ゆうと》はこれまでため込んだ全《すべ》てを吐き出すように、大きく息をつく。

一度、大きく傾《かたむ》いた天秤《てんびん》を元に戻すのは容易ではない。

ひっくり返せる手札も、ない。

決着は、ついたのだ。

「ヴァラスキャールヴに撤退《てったい》する！」

勇斗は即座《そくざ》に決断を下す。

戦に勝つことが将の最大の役目であるが、負けが決まったのなら、出来る限り損害を軽《けい》微《び》にとどめるのも将たる者の務めである。

スィールたちが頑張《がんば》ってくれたおかげだろう、今ならまだ東西の《炎《ほのお》》軍との間に距離《きょり》がある。

《炎《ほのお》》本隊も、機と見るやすぐさま攻勢に転じた信長はさすがだが、まだ兵たちはそこまでうまく切り替えられず、波に乗り切れていない感じがある。

おそらく、《戦を告げる角笛《ギャッラルホルン》》の怒涛の勢いがまだ頭と体にこびりついているのだろう。

だが時間が経《た》ち、それが杞憂《きゆう》とわかれば俄然《がぜん》、これまでの仕返しとばかりに襲い掛かってくるはずだ。

事ここに至っては、わずかの躊躇《ちゅうちょ》が、犠牲《ぎせい》を大幅《おおはば》に増やす。

敗北必至の中でも精神論で味方を道連れにするのは愚将《ぐしょう》のすることである。

百戦百勝はどんな名将にも難しい。

君子豹変《くんしひょうへん》す。

自分の非を認めたら今できるベターを為《な》す。

この切り替えの早さもまた、勇斗の将たる類《たぐい》まれなる資質であった。

「……ルングの兄弟。殿《しんがり》を頼めるか？」

苦渋《くじゅう》をにじませながら、勇斗は仮面の兄弟分を指名する。

正直、この危険な役目を親しい仲間に任せるのは慙愧《ざんき》に耐えないのだが、彼以上の適任が見つからなかった。

彼が誰に教えられるでもなく独力で考案し、スカーヴィズの残した決死隊によって実現した捨て奸《がまり》戦術は、今の状況では最も有用である。

個人としての感情はともかく、将としてはそう決断せざるを得なかった。

「陛下、最近、私に頼りすぎじゃないですかねぇ？」

フヴェズルングは嘆息《たんそく》とともになんとも皮肉たっぷりな口調で返してくる。

実際、その通りではあった。

しかもだいたい、難度の高い任務ばかりである。

勇斗は苦笑とともに肩をすくめて見せる。

「仕方ないだろう。あんた以上の適任がいつも見つからないんだから」

「ふん、まあ、そういうことにしておいてやるか」

小さく鼻を鳴らすや、フヴェズルングはばさっと外套《がいとう》を翻す。

　そして、背中越《ご》しに言う。

「とっとと逃げろ。その時間ぐらいは稼《かせ》いでやる」

「兄弟……」

「勘違《かんちが》いするなよ？　あくまでフェリシアのためだ」

　なんともぶっきらぼうな声ではある。

　だが、どこか照《て》れ隠《かく》しのようにも聞こえた。

「ああ、わかってる。ありがとな、兄貴！　死ぬなよ！」

「兄さん、ご武運を！」

　その言葉とともに、ガラガラと戦車が走り去っていく。

　はあっと、フヴェズルングは振り返《かえ》りもせずにため息をつく。

「馬鹿《ばか》どもが。もう盃《さかずき》はお前らのほうが上だろうが」

　少し気を抜くと、すぐに昔の呼び方が口から洩《も》れる。

　何度指摘《してき》しても直りやしない。

　大国の神帝《テイウダンス》であり、その重臣と言う自覚が足りないのではないだろうか。

　まったくいつまでたってもどこか頼りない弟妹たちだった。

「備えあれば憂《うれ》いなし、といったところか」

無数のバッテン印のついたグラズヘイム地図を広げながら、フヴェズルングはくくっと笑みをこぼす。

ヴァラスキャールヴ宮殿《きゅうでん》の周囲にはすでに戦闘《せんとう》前から決死隊の面々を配してあり、今すぐ敵が押し寄せてきても余裕で対応できる。

なんら慌てる必要はないのだ。

「取《と》り越《こ》し苦労《ぐろう》で済めば、それが一番だったのだがな」

別に、フヴェズルングもはなから勇斗が負けると考えていたわけではない。

ただ相手は織田信長だ。

用心に用心を重ねても損はないと思っただけである。

「それはそうと、あたいらもとっとと下がったほうがいいんじゃないのかい？」

傍《かたわ》らに立つ妖艶《ようえん》な美女が、蓮《はす》っ葉《ぱ》な口調で問いかけてくる。

彼女の名はシギュン。

《豹《ひょう》》の先々代の宗主《パトリアーク》であり、フヴェズルングの妻である。

「そうしたいのは私も山々なのだがな」

はあっとフヴェズルングはそれはそれは大きなため息をつく。

彼が今いるのは、なんとか倒壊《とうかい》せずに残っていた家屋の屋上である。

見通しやすく、兵たちを配置したり指揮をするには適しているが、一方で人目に付きやすく今の退却《たいきゃく》の状況では、はなはだ危険と言うしかない。

「策を完璧《かんぺき》にするにはこうするより手が思《おも》い浮かばなくてな」

先のギャッラルブルー関からの撤退戦《てったいせん》において、捨て奸はすでに見せているし、破られてもいる。

まったく同じことをすれば、同じように破られるのは目に見えている。

その対策のために、彼はこの危険な場所にとどまるしかなかったのだ。

「なるほどね。下で見た気味の悪いあれも、その策の一環《いっかん》かい？　だいたい察しはつくけど、あんたがそこまでしなくちゃならない相手なのかい？」

「ああ、ステインソール並みだ」

「あいつ並み⁉　大丈夫《だいじょうぶ》なのかい？」

「さあな」

「あんたも酔狂《すいきょう》だね。周防《すおう》勇斗にそこまでしてやる義理なんてなくないかい？」

「そういうお前のほうこそ酔狂だろう。なんでまだ私なんぞに付き合っている？」

元々は、よそ者で支配の確固たる地盤《じばん》を欲《ほっ》していたフヴェズルングと、女だてらに荒《あら》くれ者《もの》どもを束ねることに限界を感じていたシギュンという、両者の利害が一致《いっち》しての政略結婚《けっこん》だった。

すでに《豹《ひょう》》は《鋼《はがね》》に取り込まれ、フヴェズルングに実権はなく、もう一緒《いっしょ》にいる理由はないはずだった。

「はっ、あたいはこう見えてもね、情の深い女なんだよ。あんたは知らないみたいだけどね」

「知ってるさ。だからここに呼んだんだ。なんだかんだ残ってくれそうだったからな」

「……あんた、ほんっといい性格してるよねぇ」

「よく言われる」

悪びれもせず、フヴェズルングは言う。

利用できるものはなんでも利用する。

それが彼の信条だった。

「これも惚《ほ》れた弱みかね。で、あたいは何をすればいいんだい？」

「そうだな、とりあえず機を見て《フィンブルヴェト》を私にかけてくれ」

「あれを？　いったいな……」

「説明している暇《ひま》はなさそうだ」

フヴェズルングはドンッとシギュンの肩を押し飛ばす。

勢い余って屋根から落ちていくが、彼女もエインヘリアルだ。

問題はない。

あるのはむしろ――

キイン！

金属がぶつかり合う甲高《かんだか》い音が響き渡《わた》る。

「もーっ！　探したぞ、フヴェなんとかーっ！」

鍔《つば》迫《ぜ》り合《あ》いの中、幼さの多分に残る声でホムラが叫《さけ》ぶ。

正直、二度と聞きたくないと思っていた声である。

だが、この女を放置すれば、捨て奸は機能しない。

圧倒的《あっとうてき》な探知能力で、伏兵《ふくへい》を見破ってしまうからだ。

フヴェズルングはそれを逆さにとったのである。

目立つところにあえて立ち自らを囮《おとり》にすれば、彼女を引き寄せられるのではないか、と。

まさにしてやったりである。

――あるのだが、

（あとはどう生き残るか、だな）

双紋のエインヘリアルには、当たり前が通用しない。

策を弄《ろう》するフヴェズルングにとっては、最も相性《あいしょう》の悪い相手であった。


「ちぃっ、またあれか。芸のないやつらよ」

嘆息とともに、信長は忌々《いまいま》しげに表情をしかめたものである。

本隊同士の決戦に勝利し、勢いに乗って一気に叩《たた》き潰《つぶ》そうとした矢先、また殿部隊による自爆特攻《じばくとっこう》で出足をくじかれたのだ。

それは不機嫌《ふきげん》にもなろうというものだった。

とはいえ、すでに一度、攻略《こうりゃく》した策である。

「至急ホムラを向かわせよ」

信長は早速《さっそく》、伝令を走らせる。

敵の自爆特攻は、少数による伏兵というのが肝《きも》なのだが、ホムラは生物の気配を感じ取る能力がズバ抜けている。

彼女に敵の位置を特定させれば、脅威《きょうい》は激減する。

──はずだったのだが、

「も、申し上げます。姫様《ひめさま》は突如《とつじょ》、戦線を離脱《りだつ》、行方《ゆくえ》が知れないとのことです」

「なぬぅっ⁉　どういうことじゃっ⁉」

ピキピキッとこめかみをひくつかせながら、信長は怒号《どごう》を発する。

接戦を制したとはいえ、それは所詮まだ戦術的な勝利でしかない。

戦果というものはおおむね追撃戦《ついげきせん》で発生するものであり、現段階では負けたといっても《鋼《はがね》》には大した死傷者は出ていない。

きっちり追撃し、敵にとどめを刺《さ》し、再起不能に追い込んで初めて本当の意味で勝ったと言える。

その大事な時に行方不明など、いくら愛娘《まなむすめ》とは言え言語道断であった。

「はっ、そ、それが、『見つけた！』と叫ばれるや、走り去っていかれたとのことで……」

「……そういうことか」

得心がいったように信長はつぶやくも、やれやれと言った感じにため息をこぼす。

この自爆特攻陣《じばくとっこうじん》、以前、指揮していたのはホムラと因縁《いんねん》のあるあの仮面の男であった。

おそらくは今回も同様であろう。

その存在を察知し、いてもたってもいられず突っ込んでいったというところか。

このあたりはまだまだやはり子供である。

「姫様が何を見つけたのか、おわかりになったので？」

「うむ、大方、過去を乗《の》り越えにでも行ったのであろう」

「は？　過去、でございますか？」

伝令はピンとこないらしく、キョトンとしている。

だが、伝令ごときにいちいち説明してやるのも面倒《めんどう》くさい。

だから口に出してはこう言った。

「もうホムラのことは捨て置く。もちろん後でみっちり説教はするがな」

身内に甘《あま》い信長である。

一度、完膚《かんぷ》なきまでに敗れ、骨の髄《ずい》まで恐怖を叩きこまれた相手との再戦である。

不安がないと言えば嘘になるが、心を鬼《おに》にしてグッとこらえる。

ホムラにとって仮面の男は最初の壁《かべ》である。

自分独りで乗り越えねば、意味がない。

独りで乗り越えられねば、自分の跡《あと》を継《つ》ぐ資格はない。

それが信長流の帝王学《ていおうがく》であった。

獅子《しし》はあえて千尋《せんじん》の谷に我《わ》が子を突き落《お》とすのである。

「あやつが帰ってくるのを待っておっては機を失う。このまま攻め込むぞ」

「ふむ、わしは伝聞のみで詳細《しょうさい》までは聞《き》き及《およ》んでおりませぬが、それは少々、危険な賭《か》けでは？　無為《むい》に有能な将を失うことになりかねませんぞ」

サーク老がむうっと渋面《じゅうめん》を作って諫言してくる。

彼の言い分も、わからないではなかった。

敵のこの自爆特攻陣、標的はもっぱら将官クラスである。

雑兵《ぞうひょう》ならいくらでも替えが利《き》くが、有能な人材というものは極めて得難《えがた》い。

才ある者がまず限られ、また才だけでも使えず、きっちり磨《みが》き上げねばならない。

そのためには時間も金も犠牲もいる。

それを無闇《むやみ》に失うのは、確かに《炎《ほのお》》の今後まで考えれば痛恨《つうこん》の極みであろう。

「危険は承知の上よ。虎穴《こけつ》に入らずんば虎子《こし》を得ずじゃ！」

皆《みな》の不安を吹《ふ》き払うように、信長は喝破《かっぱ》する。

信長は周防勇斗という少年をもはや毛ほども侮《あなど》っていない。

項羽《こうう》のような覇者《はしゃ》である自分に比べ、劉邦《りゅうほう》のような王者の仁がある。

それは甘さにもつながるが、一方で多くの者を心酔《しんすい》させる人望となる。

ここでむざむざ撤退を見過ごして時を与《あた》えれば、その求心力をもって瞬《また》く間《ま》に軍を立て直してくる可能性は高い。

そうなれば元《もと》の木阿弥《もくあみ》であり、より多くの将の命が失われよう。

将たる者、時には多大なる犠牲を払ってでも、修羅《しゅら》の道を進まねばならぬのだ。

今がまさにその刻であった。

「全軍一気に突っ込むぞ！　力ずくで押し潰してくれるわ！」


神力《アースメギン》のほとばしりが、びりびりと伝わってくる。

気づけば、口の中が緊張ですっかり渇《かわ》いていた。

目の前にいるのは、子供の姿をしていても、化け物である。

ゴクリと唾《つば》を飲み込み、フヴェズルングは言う。

「ん？　誰《だれ》だ、お前は？」

小首を傾《かし》げ、なんとも訝《いぶか》しげに。

もちろん、演技ですっとぼけただけである。

こんなとんでもない怪物のことは、忘れようとしても忘れられるものではない。

「な、ななな⁉　ホムラの事を覚えていないと言うのか⁉」

「ホムラ？　ああっ！　そういえば、少し前に恐怖にお漏らしした小娘《こむすめ》がいたな」

「もっ⁉　漏らしてなんてないしっ！」

少女が顔を真っ赤にして反論してくる。

この程度の安い挑発《ちょうはつ》に平静を失うあたりはやはりお子様である。

だが、強い。

個の武勇では《鋼《はがね》》で三指に入るであろうフヴェズルングが、こんなしょうもない小細工、を初手から弄さねばならぬほどに。

「もう怒《おこ》った！　絶対許さない！　絶対泣かす！」

「そうか。だが、逃げるなら今の内だぞ。今度はお漏らし程度では許してやらんからな」

「だから漏らしてないし！」

「そうだったか？　泣きべそかいてガタガタ震《ふる》えてはいたと思うがな？」

「～～っ！　殺すっ！」

怒《いか》りの叫びとともに、ホムラの姿がその場から掻き消える。

すぐさまフヴェズルングはキッと空を見上げる。

いた。

すでにもう短刀を振《ふ》りかぶっている。

尋常《じんじょう》じゃなく、迅《はや》い。

それこそ初見であったならば、何が起きたかもわからずに殺されていたかもしれないが、
キイン！

「どうした？　この程度では俺《おれ》は殺《や》れんぞ？」

フヴェズルングは自らの刀であっさりと受け止め、にぃぃっと口元をゆがめせせら笑う。

すでに彼女《かのじょ》の動きは、先の戦いでだいたいつかんでいる。

しかも怒りで冷静を欠き、動きが雑になっており読みやすい。

見切るなど造作もなかったのだ。

「まだまだーっ！」

「むっ⁉」

受け止められてもなお、ホムラは力任せに押し込んでくる。

自らの半分ほどの体重すらない少女の細腕《ほそうで》だというのに、大型の肉食獣《にくしょくじゅう》と組み合っているかのようだった。

だが、この状況こそフヴェズルングの望むところである。

「ふっ」

「っ⁉」

ホムラの短刀がフヴェズルングの刀身を滑《すべ》っていく。

師スカーヴィズ直伝の柳《やなぎ》の技法である。

相手の力が強ければ強いほど、この技法は威力《いりょく》を増す。

ホムラが大きく体勢を崩《くず》し――

「なんのっ！」

「なにっ⁉　がっ！」

体勢を崩されても、ホムラは踏《ふ》ん張《ば》るどころかさらに前のめりに力をかけ、その勢いのままにフヴェズルングの頬《ほお》に踵《かかと》を叩きつける。

「ぐあっ！」

勢いのままに、フヴェズルングの身体が横転する。

全身を襲《おそ》う衝撃《しょうげき》に息が一瞬《いっしゅん》詰まる。

「う……ぐっ……」

なんとかそれでも立ち上がろうとするも、視界が揺《ゆ》れ足元がふらつく。

子供とは言え、双紋《そうもん》のエインヘリアルの渾身《こんしん》の、しかも体重と勢いの乗った回転蹴《げ》りを食《く》らったのだ。

ただで済むはずもなかった。

咄嗟《とっさ》の判断で首を自らねじり威力を減殺《げんさい》したが、していなかったら意識を一発で刈《か》り取られていたかもしれない。

とはいえ――

「……ぺっ」

口に固い異物を覚え、吐き捨《す》てる。

血の中に白い粒々《つぶつぶ》が混じる。

今の一撃《いちげき》で奥歯《おくば》一本が砕《くだ》けたのだ。その残骸《ざんがい》だった。

「今の技は前にもう見せてもらってたからね。ホムラには通用しないよ。あと、そのよく回る舌も、ね」

フヴェズルングを見下ろし、少女は冷たく笑う。

その瞳《ひとみ》には怒りの色など欠片《かけら》もなく、一撃入れたことへの興奮も喜びもなく、なんとも冷静なものである。

「……今までのはブラフってことか」

「そういうこと」

「ちっ、私も焼きが回ったな」

ペテンにはめたつもりが、逆にこちらがはめられていたらしい。

策士を自任する彼としては、痛恨の極みである。

だが、それ以上にフヴェズルングを震撼《しんかん》させたのは、ホムラの成長であった。

こちらの手の内をしっかり研究してきている。

おそらく何度も何度も、あの時の一戦を思い返し、研究してきたのだろう。

他人を見下しきった彼女には、相当に腸《はらわた》が煮《に》えくり返るほどに苦い想《おも》い出《で》であったろうに。

その反骨心が、フヴェズルングには恐ろしい。

一度、辛酸《しんさん》を嘗《な》め、逆境を乗り越えた人間は、得てして劇的な精神的成長を遂《と》げるものだ。

勝つために何でもするし、甘さも消《き》え失《う》せる。

それがなにより、恐ろしい。

「どうやら私は眠《ねむ》れる獅子を叩き起《お》こしてしまったらしい」

フヴェズルングの口から、思わず苦笑いが漏れる。

単純な身体能力だけを見れば、同じく双紋だったステインソールのほうがまだ上なのだろうが、彼は自らの圧倒的な力に胡坐《あぐら》をかいていたところがある。

先の一戦でのホムラも、まさしくそういう人間だったからこそ、その隙につけ入ることができた。

だがもう、そんな隙《すき》は微塵《みじん》もない。

「《フィンブルヴェト》！」

突如、妻の声が響《ひび》き、身体から再び力が湧《わ》き上がってくる。

《フィンブルヴェト》――

ありとあらゆるものの戒《いまし》めを解く、シギュンが得意とする秘法である。

本来は呪《のろ》いを解いたりするのに使うのだが、身体の戒めを解くことで、潜在《せんざい》能力を引き出すという、《戦を告げる角笛《ギャッラルホルン》》と同様の効果をもたらすこともできる。

さすがにあそこまでの大規模は無理ではあるが、今はこれで十分である。

素《す》の能力では、さすがにホムラとの間に開きがありすぎる。

だが、それを加味してさえ――

「やはり早まったかもしれんな」

今さらながらに、フヴェズルングは後悔《こうかい》する。

かつてフヴェズルングは、《豹《ひょう》》の宗主時代、勇斗が繰《く》り出《だ》す数千年時代の先を行く兵器や戦術に、即座に対応し、攻略法《こうりゃくほう》を編み出してきた。

観察力と発想力は、良将の揃《そろ》う《鋼《はがね》》でも群を抜《ぬ》いている。

その彼をもってしても、正直、勝機がまるで見出《みいだ》せなかった。


「せりゃせりゃせりゃあっ！」

「ぐっ！　ぬぅぅうっ！」

嵐《あらし》のようなホムラの猛攻《もうこう》を、フヴェズルングは必死の形相で凌いでいた。

速い。とにかく速い。

前に戦った時とはまるで別人である。

もちろん、いかに常識離《ばな》れした双紋のエインヘリアルといっても、さすがにたった数日で劇的に身体能力が跳《は》ね上がりはしない。

変わったのは戦い方だ。

余裕《よゆう》ぶって敵をなぶって遊ぶようなことはなくなり、動きの無駄《むだ》も大幅に減っている。

たったそれだけで、怪物《かいぶつ》は大怪物になっていた。

「ぐっ！」

首筋にチクッと鋭《するど》い痛みが疾る。

皮一枚、かすり傷といったところで戦闘に支障はないが、あとほんの一瞬《いっしゅん》、後ろに跳《と》ぶのが遅《おそ》かったら首が吹っ飛《と》んでいただろう。

(一度戦っていなかったら危なかったな)

かなり動きは修正されているが、それでも全ての癖《くせ》がなくなったわけではない。

それらを事前に知っていたからこそ、対応できたと言える。

(もっとも、この急激な進化も、俺が前に叩きのめしたせいだろうがな)

こんなことになるなら、あの時、殿など引き受けるべきではなかったと思う。

おかげでこんな化け物につけ狙《ねら》われる羽目になってしまった。

つくづく最近の自分は、運に見放されていると言うしかない。

ここまでくると、神やら運命やらが自分を殺そうとしているのではないかとさえ思えてくる。

(上等だ)

ニィッとフヴェズルングは不敵に笑《え》みをこぼす。

逆境などこれまで何度もあった。

理不尽な敵にももう慣れている。

神だろうが、運命だろうが、これまで通り、ありとあらゆる手段を用いて捻《ね》じ伏《ふ》せるのみだった。

「よく今のかわしたね。まあ、それぐらいはしてくれないと困るけど」

ホムラが短刀の持ち手を変えつつ言う。

なんとも上から目線の、実に傲慢《ごうまん》な物言いであった。

そういう間も一切《いっさい》の隙はなく、決して慢心《まんしん》しているわけでもない。

ただ単純に、自分のほうが生き物として強いと知っているだけだ。

「私に負けて半べそかいてたガキが偉《えら》そうに。立場が逆だろう」

フヴェズルングは苛立《いらだ》たしげに吐き捨てる。

前回、ガキと言う単語に強く反応していたのでダメ元で言ってみたのだが、

「そうだね。そういえばそうだ」

特に気にした風もなく、むしろ頷《うなず》かれてしまう。

肩透《かたす》かしもいいところである。

「うん、油断しているつもりはなかったんだけど、無意識に侮ってたみたい。前に負けてるんだし、気を引き締めよう」

むしろ謙虚《けんきょ》に受け止め、自身を戒めている。

「……藪蛇《やぶへび》だったか」

軽く心理戦を仕掛《しか》けたつもりが、むしろ敵に塩を送ってしまった感がある。

こういう自分の至らなさに気づいたら素直《すなお》に受け入れ、改められる人間と言うものは一気に伸《の》びるのだ。

よく、嫌《いや》と言うほどよく知っている。

そういう人間が身近にいるのだ。

周防勇斗とかいう気にくわない奴《やつ》が。

「ふふっ、口でホムラを乱そうとしても、無駄だよ、もうそれは効かないって言ったよね？」

「……そうみたいだな、私も覚悟《かくご》を決めるとしよう」

フヴェズルングはすうっと刀を正眼に構え、殺意を研《と》ぎ澄《す》ませていく。

途端《とたん》、ホムラの表情が、初めて強張《こわば》る。

それはそうだろう。

彼女にとっては、自身の死を濃密《のうみつ》に意識させられた最悪のトラウマなのだから。

とはいえ、それも一瞬。

「ふふっ、フヴェなんとかはやっぱり怖《こわ》いなぁ」

額から一筋の汗《あせ》を流しつつも、ホムラは薄《うす》く凄絶《せいぜつ》に笑い、短刀を構える。

やはり心が強い。

瞬く間に恐怖を飼いならしたようだった。

だが——

「っ！」

好機と、フヴェズルングは一気に踏み込んで間合いを詰《つ》める。

短刀を構え直す時、わずかだが動きが固かった。

心は乗り越えても、体に刷り込まれた恐怖をぬぐうのは容易ではないのだ。

そして、その隙を見逃《みのが》すフヴェズルングではない。

「こなくそっ！」

自らを奮い立たせるように叫び、ホムラも斬《き》りかかってくる。

再び剣戟《けんげき》が始まり——

「速っ⁉」

戸惑《とまど》いの声を上げたのは、ホムラのほうであった。

打ち合いはまったくの互角《ごかく》、いやわずかだがフヴェズルングが押《お》していた。

「ようやく本気ってわけね！」

「さっきも本気だったさ。ただ、本気の上がある、というだけだ」

ギィン！

フヴェズルングの切り上げるような一撃が、ホムラの短刀を弾《はじ》き上げる。

「なっ⁉」

遠心力のおかげもあるが、それだけではない。

『神速の境地』

《豹《ひょう》》の宗主時代、ジークルーネから盗《ぬす》みとった技である。

シギュンの《フィンブルヴェト》との重ね掛《が》けをすることで、ホムラに匹敵《ひってき》する速度と力を得る。

これがフヴェズルングの奥《おく》の手《て》であった。

とはいえ、それでも長期戦になれば、フヴェズルングの不利は必定。

勝機は緊張《きんちょう》に身体《からだ》が硬《かた》くなっている今しかない、と一気に畳《たた》みかけていく。

「はあっ！」

裂帛《れっぱく》の咆哮《ほうこう》とともに、フヴェズルングは横薙《よこな》ぎの一閃《いっせん》を放つ。

とらえた！

そう思った瞬間《しゅんかん》だった。

ホムラの姿がふっとその場から掻《か》き消えたのだ。

「っ⁉」

ゾクリと背筋が凍《こお》る。
それは、虫の知らせのようなものだったのかもしれない。
反射的にその場から飛び離《はな》れる。
「ぐぅっ⁉」
が、わずかに遅かった。
次の瞬間、太もものあたりに熱さにも似た激痛が疾る。
「やっぱ凄《すご》いなぁ、フヴェなんとか。今のはちょっと死ぬかと思ったよ」
むくりと身体を起こしながら、ホムラは笑う。
なるほど、高速でしゃがみ込むことで、視界から消えたように見えたわけだ。
だが、それだけでは説明がつかない。
今のフヴェズルングの精神は、時間の間延びした神速の世界にある。
この状態で見失うなど、いくら双紋といってもあり得ないことだった。
「でも、おかげで新しい世界に入れた。不思議だね。すべてがゆっくりに見えるよ」
（マジか、こいつ⁉）
足を押さえながら、フヴェズルングは絶望に打《う》ち震える。
いったいどれだけ強くなれば気が済むというのか。

「ああ、これ、そう言うんだ。なるほど、さっきフヴェなんとかがいきなり速くなったのはこれか」

「神速の境地……」

言いつつ、ホムラは短刀を一閃する。

先程《さきほど》までとは風切り音がまるで違《ちが》う。

神速状態のフヴェズルングすら、残像をとらえるのがやっとという速さだった。

「でも、その足じゃもう戦えないね」

ホムラはフヴェズルングの右足を見ながら、少しだけ残念そうに嘆息する。

なんとか繋《つな》がってはいるが、かなりの出血である。

「ぐっ、ぬっ」

このままではまずい、とフヴェズルングは刀を構えようとするも、足に力が入らずふらつく。

これではろくに身動きもできない。

どうする？

必死に脳内で対応策を練るも、そう簡単に思い浮《う》かぶはずもなく、そうしている間にもホムラがとどめを刺さんと近づいてくる。

気圧《けお》されるように、フヴェズルングも後ろに下がる。

一歩、また一歩。

「むっ」

左足の踵が空を踏む。

いつの間にか屋根の端《はし》に追《お》い詰められていた。

「ちぃぃっ！」

牽制《けんせい》するように刀を振るおうとするも、

「ぐっ⁉」

振り切《き》る前に、その手を蹴《け》り上《あ》げられる。

これにはたまらず、フヴェズルングも愛刀を取り落とす。

（フェリシア……）

その時、フヴェズルングの脳裏《のうり》をよぎったのは、血を分けた妹の少し不満そうにこちらを睨《にら》みつけてくる顔だった。

勘弁《かんべん》してくれ、とフヴェズルングは思う。

これではまるで、これから自分が死ぬみたいではないか。

こんなところで死ぬ気など、フヴェズルングにはさらさらないのだ。

「色々ありがとね、フヴェなんとか。おかげでホムラは強くなれた」

すうっとホムラは短刀を掲《かか》げ、無慈悲《むじひ》に振り下《お》ろす。

鮮血《せんけつ》が、舞《ま》った。


「っ⁉ 兄さん⁉」

不意に呼ばれたような気がして、フェリシアは後ろを振り返《かえ》る。

だがもちろん、そこに兄の姿はない。

ただの空耳である。

そのはずなのだが、どうにも嫌な予感がした。

「フェリシア？」

「いえ……気のせいだったようです。お気になさらず」

勇斗の問いに、フェリシアは小さく首を左右に振る。

今は撤退戦の真っただ中である。

状況《じょうきょう》はきわめて切迫《せっぱく》しており、不確かなことで勇斗を煩《わずら》わせるわけにはいかなかった。

こんなことではいけない、とフェリシアはパンパンと両頬を叩いて気合を入れ直し、

『た、大変です、陛下！　敵が宮殿《きゅうでん》正門前まで押し寄《よ》せてきております！』

トランシーバーから入る凶報《きょうほう》に、ぎゅっと胸を締《し》め付《つ》けられる。

そこに敵がいるということは、殿軍《でんぐん》を突破《とっぱ》してきたということだ。

痛いぐらいに心臓が鳴っていた。

「っ⁉　早すぎる！　ルングの兄弟は⁉」

『確認《かくにん》できません。ここからではなんとも……』

「くっ、おい、ルング！　勇斗だ。応答してくれ！」

勇斗が慌《あわ》てた様子でトランシーバーに呼びかける。

今や勇斗にとってフヴェズルングはなくてはならない片腕《かたうで》であり、連絡《れんらく》用に持たせてあるのだ。

だが、待てど暮らせど、何度呼《よ》び掛けても、いつまで経《た》っても、反応はない。

「そんな……兄さん……」

フェリシアは自らの顔からサーッと血の気が引いていくのが自分でもわかった。

一時はいっそ死んでくれと憎《にく》みさえしたが、生まれた時からずっと一緒にいた存在である。

いざもう会えないかもしれないと思うと、恐怖《きょうふ》で身体がカタカタと震えて止まらない。

「まだだ、フェリシア。まだそうと決まったわけじゃない」

フェリシアの動揺《どうよう》を察し、勇斗が励《はげ》ますように言う。

確かに彼《かれ》の言う通り、戦場では情報が錯綜《さくそう》する。

情報伝達の不備だったり、敵からの偽報《ぎほう》だったり。

生きているはずの人間が死んでいたり、逆に死んだとされる人間が生きていたり。

いちいち振り回《まわ》されず、自分が今為《な》すべきことを為すべきだ。

勇斗のフォローができるのは、長年隣《となり》で支え続けた自分しかいないのだから。

グッと唇《くちびる》を噛《か》みしめ、フェリシアは再び駆《か》け出《だ》す。

(兄さん、生きていてくださいよ。子供を抱かせるぐらいはさせてあげますから)

そう心の中で、祈《いの》るように呼びかけながら。


「この……大うつけがっ！」

ゴンッ！

信長は大気が震えるような怒鳴《どな》り声《ごえ》とともに、拳骨《げんこつ》をホムラの頭に叩きつける。

身内にはことさら甘い信長ではあるが、それでも限度というものがある。

天下のかかったこの大事な戦で、私怨《しえん》で独断専行するなどさすがに無罪放免《ほうめん》というわけにはいかなかった。

「おぬしは儂《わし》の跡継《あとつ》ぎであろう。大将たるもの、もっと大きな視野を持てい」

とはいっても、安土《あづち》を居城にしていた頃《ころ》には、信長の留守中にちょっと羽目を外していただけで女中を何人も処刑《しょけい》した逸話《いつわ》もあり、拳骨一発で済ますあたりがやはり甘いと言えばべた甘なのだが。

「あうう、はい……ごめんなさい」

頭を押さえながら、ホムラが涙目《なみだめ》で殊勝《しゅしょう》に謝《あやま》ってくる。

信長はふうっと小さく嘆息《たんそく》し、

「で、勝ったのか？」

「うん。記念にこれ取ってきた」

くるくると人差し指で見覚えのある仮面を回す。

間違《まちが》いなく、フヴェズルングとかいう敵将が身に着けていたものだった。

「で、あるか」

一転、信長はニカッと悪ガキじみた楽し気な笑みを浮かべる。

娘《むすめ》にとってはトラウマを植え付けた相手であり、いわば死の恐怖に打ち勝てるかどうかを占《うらな》う、まさに節目とも言うべき大事な戦いではあったのだ。

ホムラならきっと乗り越《こ》えられる。

そう心から信じていても、不安を覚えるのが親心というものである。

自らの命のかかった途端、腰《こし》が引けて踏み込めなくなるようでは、到底《とうてい》大将の器《うつわ》とは言えない。

その意味でホムラは今、王たるに相応《ふさわ》しい胆力《たんりょく》を見事に示したのだ。

親としても、王としても、これが嬉《うれ》しくないはずがなかった。

「申し上げます！ 《鋼《はがね》》の殿軍の殲滅《せんめつ》が完了致《かんりょういた》しました！ 現在、前線部隊が正門前にて待機、大殿の下知でいつでも突入《とつにゅう》できます」

「で、あるか」

馬廻衆《うままわりしゅう》の報告に、信長は満足げに頷く。

多少の損害は出たが、想定を下回っている。

指揮官を方陣《ほうじん》で囲んでの侵攻《しんこう》が功を奏したのだろう。

被害《ひがい》は概《おおむ》ね徴集《ちょうしゅう》した半農兵であり、戦力的には大した影響《えいきょう》はない。

「して、《鋼《はがね》》軍の状況は？」

「はっ、物見の報告によれば、兵の大半は士気を失い、散り散りに潰走《かいそう》しているとのこと。

周防勇斗はじめ、およそ三〇〇〇ほどがヴァラスキャールヴ宮殿内《きゅうでんない》に《に》逃げ込んだものと思われます」

「ほう。あくまで抗戦《こうせん》するつもりであるか」

意外そうに信長は眼を見開く。

事ここに至っては、宮殿を放棄《ほうき》しヨトゥンヘイムに逃げ込むとばかり思っていたのだ。

まだなんらかの起死回生の策があるのか。

それとも、民《たみ》や兵の為《ため》の時間稼《かせ》ぎか。

周防勇斗という男の性格からしてどちらもあり得る。

「ふふっ、最後の最後までひりつくような駆け引《ひ》きを仕掛けてくるわい」

信長は肉食獣さえ怯《ひる》みそうな獰猛《どうもう》な笑みを浮かべる。

十中八九、時間稼ぎだ。

《鋼《はがね》》兵の大半は恐慌《きょうこう》状態にあり、我先にと主《あるじ》を捨てて逃走《とうそう》している。

さすがにこれで偽装退却《ぎそうたいきゃく》はあり得ないだろう。

宮殿に残る三〇〇〇とやらも現時点では統制はろくにとれていまい。

どんな策があろうと、それでは《炎《ほのお》》軍六万強を相手取るなど不可能である。

そう理性は判断を下すのだが、万が一を考えさせられてしまう。

敵は何かとんでもないことを企《たくら》んでいるのではないか。

このまま攻《せ》めたら手痛い損害を被《こうむ》るのではないか。

「つくづく大した男よ。この信長にここまで畏怖《いふ》を覚えさせるとはのぅ」

グッと信長は拳《こぶし》を握《にぎ》り締める。

じわりと汗ばんでいる。

背中も気が付けばぐっしょりだ。

「じゃが！　ここで臆《おく》するようでは天下など到底取れんわなぁ」

千載一遇《せんざいいちぐう》の好機である事は間違いないのだ。

確かに将たるもの、慎重《しんちょう》に慎重を期するべきではあるが、機を見るに敏《びん》でもなくてはならぬ。

機を見てせざるは、単なる臆病者《おくびょうもの》である。

「サーク！」

信長は雷鳴《らいめい》のごとく老将の名を叫《さけ》ぶ。

「はっ」

「東軍には市外へと逃げた《鋼《はがね》》の敗残兵を追撃《ついげき》するよう伝えよ。西軍には、グラズヘイム周辺の哨戒《しょうかい》じゃ。抜け道《みち》を使っての逃走も十分にあり得るからな。絶対に逃がすな！」

「ははっ。早速《さっそく》、触《ふ》れを出しましょう」

頷くや、機敏《きびん》に伝令役の馬廻衆のほうへと駆け出していく。

もう齢《よわい》七〇を超《こ》えようかというのに、実に腰が軽い。

そういう人間でなければ容赦《ようしゃ》なく放逐《ほうちく》する主だということを、彼はよく知り抜いているのだ。

「ホムラッ！」

「はいっ！」

信長が呼びつけると、ホムラが直立不動の姿勢で返事をしてくる。

双紋のエインヘリアルと言えど、さすがに戦国の覇王《はおう》の貫禄《かんろく》の前には萎縮《いしゅく》せざるを得ないらしい。

「先の独断先行の罰じゃ。赤備え隊を率い、先鋒《せんぽう》を務めよ」

「「「「なっ⁉」」」」

これには諸将たちや近衛の兵たちも一様に驚《おどろ》き、どよめきが走る。

当たり前ではあるが、先鋒は危険な任務である。

そこに唯一《ゆいいつ》の跡継ぎであるホムラを投入するなど、傍目《はため》には狂気《きょうき》の沙汰《さた》以外の何物でもなかったのだ。

だが、信長には信長なりのしたたかな計算があった。

「周防勇斗の周りには、当然ながらエインヘリアルが控《ひか》えておろう。ホムラ、貴様ならばそれの位置を探《さぐ》ることができるはずじゃ」

この言葉に、諸将たちに一斉《いっせい》に理解の色が広がる。

ヴァラスキャールヴ宮殿の広大さは、ユグドラシルの人間ならば伝え聞いている。

いわく、小さな町ぐらいならすっぽり入るほどである、と。

そんな中を闇雲《やみくも》に探し回っていては、敵に軍を立て直す猶予《ゆうよ》を与えることになる。

信長は勇斗にわずかも反撃《はんげき》の機会を与えるつもりはなかった。

「当然、儂も本隊を率いて貴様の後に続く。目指すは周防勇斗の首一つ！　雑魚《ざこ》に構うな。ただただそれを目指して突《つ》き進《すす》め！」

「はあはあ……ふぃぃぃ、ここまでくれば、とりあえず一服できるか」

ヴァラスキャールヴ宮殿の最深部、謁見《えっけん》の間に辿《たど》り着《つ》くや、勇斗はへなへなとその場に座《すわ》り込む。

信長との戦いで極限まで神経をすり減らしたところに、五キロ以上の距離《きょり》を命からがら駆け抜けたのだ。

この四年、そこそこ鍛《きた》えてきたつもりだが、それでもさすがにこれはきつかった。

「……ずいぶん、寂《さび》しくなっちまったな」

残った諸将たちの顔を眺《なが》め、勇斗は意気消沈《いきしょうちん》した顔で嘆息する。

開戦前に比べ、かなり数が減っていた。

まだこの場に辿り着いていない者、あるいはヴァラスキャールヴ宮殿に入ることなくグラズヘイム市外へと逃亡《とうぼう》した者もいるだろうが、ジークルーネや波の乙女《おとめ》たちなど、敵に討《う》たれた者も少なくない。

「俺が不甲斐《ふがい》ないせいで……みんな、すまん」

苦渋《くじゅう》に満ちた震えた声でそう呟《つぶや》き、勇斗は頭を下げる。

今までは逃げることに精一杯《せいいっぱい》で考えずにいられたが、一旦思い出してしまうと、一気に後悔が押し寄せてくる。

自分の作戦に不備があったのではないか。

あの時ああしていればよかったのではないか。

後から後から後悔が湧き出てきて頭の中を堂々巡《どうどうめぐ》りする。

「お兄様、そう自分をお責めにならないでください。お兄様でなければここまで持ちこたえることなどできませんでしたわ」

「どれだけいい勝負をしたって負けたら意味がない。死んだら意味がない」

フェリシアは慰《なぐさ》めてくれるが、その言葉では勇斗の心は晴れなかった。

そもそも自分ごときが民全員を救おうなどと考えたのがおこがましかったのではないか。

あの戦国の覇王織田信長と渡《わた》り合《あ》おうなどと考えたのがいけなかったのではないか。

そう、国など、見ず知らずの人間たちなど見捨てて、親しい者たちとさっさと逃げればよかったのだ。

そうすれば……そうすればスカーヴィズやジークルーネを失うこともなかったというのに！

フヴェズルングだってそうだ。

今も連絡が途《と》絶《だ》え行方《ゆくえ》が知れないままだ。

もしかしたらもう……。

『陛下！　敵の先遣隊《せんけんたい》がこの本殿《ほんでん》に踏み込んできました！』

「なっ⁉　早すぎだろ⁉」

突如《とつじょ》、風の妖精団《ヴィンダールヴス》から入ってきた報告に、勇斗は思わず目を剥《む》く。

ヴァラスキャールヴ宮殿は、宮殿と名は付いているが、一個の建物ではなく、数十という建物からなっている。

いわば貴族階級の者たちが暮らす町なのである。

当然、一般《いっぱん》公開などしておらず、どこに何があるのかなど《炎《ほのお》》軍には知る術《すべ》もないはずなのだ。

「いったいどうやって突き止《と》めたんだ!?　……いや、今はそんなことを考えても益はないな」

疲《つか》れた身体に鞭打《むちう》って勇斗は立ち上がり、玉座へと視線を向ける。

あの玉座の下の床《ゆか》をはがすと、地下水道への入口がある。

いわゆる皇族専用の抜け道というやつで、ヴァラスキャールヴ宮殿の各所、グラズヘイムの各所、そして市外と様々なところにつながっている。

古くは亡《な》き妻であり先帝《せんてい》のシグルドリーファがここを使って神都を抜け出しお忍《しの》びの旅に出かけ、また最近ではゲリラ戦術の時の兵の移動用に用いたりもしている。

勇斗たちがあえてヴァラスキャールヴ宮殿に逃げ込んだのは、信長の目を引き付け市外へと向かった《鋼《はがね》》兵を安全に逃がすためもあるが、これを使えるという算段あってのことなのだ。

「フェリシア」

「はい、なんです、お兄様？」

勇斗の呼びかけに、フェリシアが真剣《しんけん》な顔つきで問うてくる。

その顔は疲労《ひろう》と悲しみで憔悴《しょうすい》していたが、それでもやはり美しかった。

思えばユグドラシルに来て以来、彼女《かのじょ》とはずっと一緒《いっしょ》だった。

呼び出された当初は彼女を恨《うら》みもしたが、何度も何度も彼女には助けられた。

「お兄様？」

じっと黙《だま》ったまま顔を見つめる勇斗に、フェリシアが訝《いぶか》し気《げ》に眉《まゆ》をひそめる。

いけない、つい見惚《みと》れてしまっていた。

勇斗は玉座を指さし告げる。

「皆《みな》を連れて抜け道から脱出《だっしゅつ》しろ」

「えっ⁉」

フェリシアが驚きに目を見開く。

まさかそんなことを言われるとは思ってもみなかったらしい。

「……お兄様はどうするおつもりで？」

ついで、じとっと据《す》わった眼で睨んでくる。

一応聞いてきてはいるが、すでに勇斗がどう答えるか知っているのだろう。

押し殺《ころ》した怒《いか》りがひしひしと伝わってくる。

なかなかこんな彼女を相手に告げるのは勇気がいったが、言わないわけにはいかない。

「俺《おれ》は二〇〇人ぐらいの決死隊を募《つの》って、敵を食い止める」

一度、小さく深呼吸してから、勇斗は決意とともに重々しい口調で告げる。

抜け道の入り口は狭《せま》く一人ずつしか通れない。

しかも縄《なわ》バシゴで降りる形式だ。

三〇〇〇人弱が通《とお》り抜けるには五～六時間はかかるだろう。

その間、敵の侵攻を防ぐ役がどうしても必要だった。

「はぁ……そんなことだろうとは思ってましたが、何をバカなことをおっしゃってるんです⁉　お兄様こそがいの一番にあれを使って逃げなくちゃいけない人でしょう！　お立場というものをお考えください！」

「むしろ立場を考えてなんだがなぁ」

フェリシアの叱責《しっせき》じみた諫言《かんげん》に、勇斗は苦笑いを浮かべるしかない。

帝制《ていせい》において、皇帝《こうてい》自身とその血筋はもっとも尊く何を置いても守らねばならないものである、ということは勇斗も頭ではわかっているのだが、どうにもピンとこないのだ。

ユグドラシルの流儀《りゅうぎ》に多少慣れてしまったとはいえ、勇斗は二一世紀日本で生まれ育った人間である。

大問題が発生すれば、最後に社長が責任を取って辞任を迫《せま》られる。そういうシーンをテレビで幾度《いくど》となく見てきた。

政治家も身を粉にして国民のために働け。それが至極《しごく》当然だと国民は信じて疑いすらしない。

そういう価値観がどうしても心底に根付いてしまっているのだ。

「別に死ぬつもりは毛頭ない。折を見てちゃんと脱出して後を追うさ」

やらねばならぬことは山ほど残っている。

美月《みつき》や、その子供たちもいる。

こんなところでまだまだ死ぬわけにはいかないのだ。

「言《い》うは易《やす》く行《おこな》うは難《かた》し、です。それがどれだけ難しいことか、お兄様ご自身がおわかりでしょう?」

「フェリシアの叔母御《おばご》の仰《おつしや》る通りです、父上！　殿なら私が務めましょう」

「そんな身体で〜何を言っているんです〜、御館《おやかた》様〜。殿は〜わたくしが〜務めますわ〜」

ファグラヴェールとバーラが進み出て、名乗りを上げる。

だが、ファグラヴェールは《戦を告げる角笛《ギヤツラルホルン》》で消耗《しようもう》が激しく、誰《だれ》かの肩《かた》を借りねばろくに歩けすらしない状態だし、バーラはそんな彼女を守って負傷し、頭と利《き》き腕《うで》に巻かれた包帯が痛々しい。

また、彼女らにとって長年の同胞《どうほう》であった波の乙女も多数失い、顔色も悪く憔悴しきっているように見える。

彼女たちにはもう十分頑張《がんば》ってもらった。

これ以上の無理はとても強《し》いられない。

勇斗はゆっくりと首を左右に振《ふ》り、

「女に守ってもらって、男の俺がいの一番に逃げれねぇだろ。この戦は、俺の我《わ》がままで始めたものだからな。俺が責任を取るのが筋ってもんだ」

勇斗が多くを救いたいと願わなければ、あるいは助かっただろう命もたくさんあったのだ。

ここに残っているのは、最後まで自分に付き従ってくれた者たちだ。

自己満足だとはわかっていても、これ以上、死なせたくはなかった。

少しでも助かる命を増やす為に最善を尽《つ》くす。

それが大将たる者の務めである。

そのためには、客観的に考えても自分が明らかに適任だった。

ここにいる中では、自分が兵の指揮は一番うまいのだから。

とはいえ、

「親父殿《おやじどの》！　お考え直しください！」

「そうです。御身《おんみ》を大切になさってください」

「親父殿がおらねば、誰が民を導くというのですか⁉」

そんな勇斗の主張が受け入れられるはずもなく、諸将たちからも大反対を食《く》らう。

当然と言えば当然だったが、勇斗もここは頑《がん》として譲《ゆず》らなかった。

「うるさい！　これは親としての厳命であり、神帝《テイウダンス》としての勅令《ちょくれい》だ！」

ここぞとばかりに、勇斗は権力を行使する。

ここまで言われては、諸将たちも「うっ」と押し黙る。

親の命令は、この世界では絶対なのだ。

シーンと場が静まり返る中、

「なぜわたくしをおそばに置いてくださらないのですか？」

沈黙《ちんもく》を破ったのは、冷ややかながらも強い怒りのこもった声だった。

それはもう四年以上の付き合いになるが、初めて聞く声色《こわいろ》である。

思わず振り返ると、悲しさと怒りの入り混じった瞳《ひとみ》でフェリシアが見つめていた。

「お兄様は普段《ふだん》は柔和《にゅうわ》そうに見えても、とても意志の強いお方です。そこまでおっしゃったからにはもう、言葉を翻《ひるがえ》しはなさらないでしょう。長い付き合いです。それぐらいはわかっております」

激情を押し殺し、淡々《たんたん》とフェリシアは言う。

だが、言葉の途中《とちゅう》から、ポロポロと涙が零《こぼ》れ落《お》ちていく。

一度感情があふれると、止まらない。

「でも！　わたくしはお兄様の副官でしょう⁉　なぜ、なぜこんな大事な時に、わたくしにおそばを離れろなんておっしゃるんです⁉」

涙でくしゃくしゃになった顔でヒステリックに金切り声で叫ぶ。

そんな彼女ですら愛《いと》おしいと思ってしまうのだから、あばたもえくぼである。

そしてだからこそ、強く思う。

「お前だけには絶対に死んでほしくないから、だよ」

嘆息とともに目をそらしつつ、勇斗はぶっきらぼうに言う。

これは戦である。

すでにもう何度も、親しい人を失《な》くしてもいる。

相応の覚悟はしていたつもりだ。

だが、いざジークルーネが死んだと思ったら、ダメだった。

「情けない話、お前までやられたらって思うと、怖くて仕方がないんだ」

「怖い、ですか？」

「ああ、もうめちゃくちゃ怖い。自分が死ぬよりはるかに、な。だから、逃げてくれ。お前が生きていてさえくれれば、俺はまだ戦える」

「……そこまでわたくしのことを想《おも》ってくださっていたというのは、こんな状況ではなんですが、その、嬉しく思います。けど、やっぱりその命令は聞けません」

「フェリシア！」

思わず勇斗はその名を呼ぶ。

お願いだから聞き入れてくれ、そう懇願《こんがん》するような声だった。

だが、フェリシアはふるふると首を振る。

「嫌です。わたくしだって、お兄様と一緒です。お兄様を失うのが怖くて怖くて仕方ないです。貴方《あなた》を失ったら、生きていけません。だから、だからお願いです。おそばで守らせてください」

「…………」

咄嗟《とっさ》に、言葉が出なかった。

愛する女からの涙ながらの悲痛な嘆願《たんがん》だ。

心が揺《ゆ》れなかったと言えば嘘《うそ》になる。

「繰《く》り返す。これは命令だ。お前は逃げろ」

勇斗は奥歯《おくば》を噛みしめ、苦渋の決断を下す。

「お兄様！」

「逆らうことは許さん。これ以上、問答している暇《ひま》なんてない。行け！」

きっぱり言って、勇斗は背を向ける。

酷《ひど》いことをしているという自覚はあった。

それでも、こればっかりは聞き届けてもらうしかなかった。

「そう、ですか……」

背中越《ご》しに沈《しず》んだ声が聞こえる。

これ以上言っても無駄《むだ》だと悟《さと》ったのだろう。

申し訳ないと心から思うが、同時に良かったと安堵《あんど》もする。

「では今この時をもちまして、誠《まこと》に勝手ながら盃《さかずき》をお返しさせて頂きます。これまで長い間お世話になりました」

「は？」

予想外すぎる言葉に、思わず勇斗は振り返る。

別れの言葉はともかく、どうして盃返上なんて話になる？

意味がわからず思考が追い付かない中、フェリシアの言葉は続く。

「もう貴方とは兄でもなければ、妹でもありません。他人です、他人。だからもう、貴方の命令を聞くいわれはございません。というわけで、勝手に戦わせていただきます」

「なぁっ⁉」

ようやくフェリシアの意図を理解する。

まさかそんな大胆《だいたん》な裏技《うらわざ》を使ってくるとは予想だにしていなかった。

とはいえ、これぐらいで諦めるような勇斗ではない。

「なら神帝《テイウダンス》としての勅令だ！」

ユグドラシルの現人神《あらひとがみ》の命である。

これには逆らえまいと思ったが、

「わたくしが忠誠を誓《ちか》ったのは兄と慕《した》ったたった一人の方だけです。神帝《テイウダンス》などに忠誠を誓った覚えはありません」

しれっと全く悪びれない声で返される。

リーファが神帝《テイウダンス》だとわかった時にはずいぶんとかしこまっていた気がするが、それを突っ込んでもすっとぼけられるだけだろう。

「おい、お前ら、さっさとこいつを連れていけ！」

「あら、力ずくでわたくしをどうにかできる、とお思いで？」

パシンッ！　とフェリシアはいつの間にか手にしていた鞭《むち》を引っ張り、小気味いい音を響《ひび》かせる。

それだけで、その場にいた者たちが一斉にごくりと唾《つば》を飲む。

あまり戦果らしい戦果はあげていないが、フェリシアもれっきとしたエインヘリアルである。

戦闘《せんとう》能力においてジークルーネには遠く及《およ》ばないと言っても、並みのエインヘリアルよりは普通《ふつう》に腕が立つ。

そして今この場にいる人間の中では、間違いなく一番強い。それもダントツに。

もちろん、大勢でかかればさすがに取《と》り押《お》さえられはするだろうが、この《炎《ほのお》》軍がすぐそこまで迫っている段階で、そんな仲間割れをしている余裕《よゆう》などあるはずがない。

「……わぁったよ！　俺の負けだ。一緒に来い！」

進退窮《きわ》まり、勇斗はやけくそ気味に叫ぶ。

どうやっても、彼女を先に逃がせそうな手が浮かばない。

こうなった以上、勝手に戦われるより、自分のそばにいてもらったほうがはるかに安心である。

「その代わり！　絶対に死ぬなよ⁉」

「もちろんです。美月お姉様に約束しましたから。お兄様と一緒に帰るって。それに……」

そこまで言って、フェリシアはくすっと意味深な笑《え》みをこぼす。

「それに、なんだよ？」

「ふふっ、それは秘密です」

口に人差し指を当てて、フェリシアは微笑《ほほえ》む。

とても幸せそうで、思わず見惚れそうになる。

「そこまで言ったんなら教えろよ。気になるだろ」

「ちゃんと二人生きて帰ったら、その時に教えてあげます」

これはどうやら、今は絶対に教えてもらえそうにない。

とはいえ、長い付き合いである。

その顔から、勇斗もなんとなく察せられるものはあった。

だが、あえてそれを口にはしない。

また逃げろと言いたくなるし、それをしても押し問答《もんどう》になるだけだろう。

時間の無駄である。

ならば、やるべきことはただ一つである。

「こりゃ意地でも死ぬわけにはいかないな」

母子二人、何があろうと守り通すのが父親の役目なのだから。


「あーもう！　広すぎでしょここ！　それに道もへんてこだし！」

本殿の回廊《かいろう》を配下の兵とともに進みながら、ホムラは耐《た》えかねたように叫び声をあげ、地団太を踏《ふ》む。

ヴァラスキャールヴ宮殿は防衛の為であろう、道がとにかく入り組んでおり、半ば迷路《めいろ》のような造りになっている。

宮殿に足を踏み入《い》れてはや一刻、本殿に入ってからも、すでに四半刻《しはんとき》が経過していた。

彼女ならずとも、このいつ終わるともしれぬ迷宮《めいきゅう》に癇癪《かんしゃく》の一つも起こしたくなろうというものだった。

「そ、そうですね、たしかに広すぎますな」

「まったく鬱陶《うっとう》しいかぎり」

付き従う《炎《ほのお》》の兵士たちは、全員、赤い染料《せんりょう》で塗《ぬ》られた鎧兜《よろいかぶと》に身を包んだ者たちである。

彼らは赤備え隊——信長が全軍から精鋭《せいえい》中の精鋭を選《え》りすぐったホムラの親衛隊だ。

行儀《ぎょうぎ》や礼儀《れいぎ》作法は一切考慮《いっさいこうりょ》されておらず、荒《あら》くれ者《もの》やはみ出し者も多い。

「喉渇《のどかわ》いた。水！」

「はっ、ただいま！」

だが、そんな彼らも、ホムラの前では借りてきた猫《ねこ》のようにおとなしいものである。

なにせ怒《おこ》らせれば、子供ゆえの分別のなさもあり、何をするかわからない。

自慢《じまん》の腕っぷしも、まるで通用しない。

脱走《だっそう》してもすぐに見つけられ、連《つ》れ戻《もど》される。

黙って従うよりほか道がないのだ。

「姫様《ひめさま》。あと距離はどの程度でございましょう？」

そんな中、特に怯《おび》えた様子もなく謹厳実直《きんげんじっちょく》に問うたのは、《炎《ほのお》》五剣《けん》の一人、アラコだ。

彼は信長がその頑固一徹《がんこいってつ》な気性《きしょう》を高く買い、この者ならばホムラに臆することもあるまいと、彼女に付けた養育係の筆頭である。

ホムラとしてはこのいちいち口うるさいおっさんは正直あまり好きではないのだが、信長からはこの者は傷つけてはならんし、ちゃんと言うことを聞くようにと申しつけられているので、仕方なくそばにいることを許していた。

「ん〜、あと少しだね。エインヘリアルはざっと三人ってところかな」

「ほう。それは腕が鳴りますなぁ」

そう言って豪放磊落《ごうほうらいらく》な笑みを浮《う》かべたのは、同じく《炎《ほのお》》五剣のガトゥである。

赤備え隊の副長であり、その大雑把《おおざっぱ》で豪快《ごうかい》な人柄《ひとがら》は、アラコよりは取っ付き易いが、それでもやはりいまいち話は合わない。

「そーでもないよ。あんま大したのはいないっぽい」

この距離ならば、だいたい神力《アースメギン》の大きさはつかめる。

もちろん、神力《アースメギン》だけで実際の強さを測ることはできないが、身体能力とはある程度の相関がある。

そこから判断するに、三人ともエインヘリアルとしてはせいぜい並み程度、あまり期待は持てそうになかった。

「フヴェなんとかぐらいのやつは、やっぱなかなかいないかぁ」

はあっとホムラは落胆《らくたん》のため息をこぼす。

正直、あの男との戦いを経験してしまうと、他の連中との戦いが単純作業にすぎてつまらなくなってしまったのだ。

《鋼《はがね》》の殿《しんがり》を務めていた連中も、呆気《あっけ》なさ過ぎて退屈《たいくつ》以外の何物でもなかった。

正直、有象無象《うぞうむぞう》の相手はもう飽《あ》きた。

せめてもう少し手応《てごた》えのある相手とやりたい、というのが今の彼女の心境だった。

「まあ、でも、とと様から周防勇斗とかの首を獲《と》って来いとか言われたしね」

ホムラはうんっと頷《うなず》き、気合を入れ直す。

作業自体は面白《おもしろ》くなくとも、父である信長の喜ぶ顔を見るのは素直《すなお》に嬉しい。

心がすごいポカポカする。

その為ならば、ホムラはいくらでも頑張れるのだ。

「お、どうやらあそこみたいだね」

ホムラはスッと回廊の先にある扉《とびら》を指し示す。

奥《おく》に数十人ほどの人間が詰《つ》めている気配がある。

おそらくは待《ま》ち伏《ぶ》せといったところだろうが、ホムラにはそういったものは一切《いっさい》通用しない。

「さて、じゃ、さくっと殺《や》っちゃおうか」

ペロリと舌なめずりするや、ホムラはまさに鉄砲玉《てっぽうだま》のごとく独り飛び出していく。
赤備え隊の面々が慌《あわ》ててその後を追う。
子供の姿をした怪物《かいぶつ》が今、《鋼《はがね》》にとどめを刺《さ》さんと襲《おそ》い掛《か》かった。

「ここが本丸か」

そびえたつ荘厳《そうごん》な宮殿《きゅうでん》を前に、さしもの信長の口からも「おおっ」と感嘆《かんたん》の声が漏《も》れる。

日本の城のような高層建築ではなく平屋ではあるのだが、階段や入口までの通路の幅《はば》の広さにしろ、飾《かざ》りの柱にしろ、扉にしろ、建物にしろ、とにかく一つ一つがまるで巨人《きょじん》でも住むかのような大きさなのである。

おそらくは、訪《おとず》れる者に神帝《テイウダンス》の威武《いぶ》を示す意味合いもあるのだろう。

もちろん、それに呑《の》まれるような信長ではないが、内心驚いてはいた。

「築二〇〇〇年と聞いていたが、ずいぶんと奇麗《きれい》なものじゃな」

二度の大地震《だいじしん》に晒《さら》されているはずなのだが、ぱっと見た感じ、外観に目立った損壊《そんかい》は見当たらない。

さすが神帝《テイウダンス》の住処《すみか》と言うべきか、相当頑丈《がんじょう》に作られているらしい。

本殿の周囲の庭園もそれは見事なものである。

おりしも晩秋、まさに紅葉の季節であり、実に鮮《あざ》やかな赤や黄色に色づかされており、目に楽しい。

風に吹《ふ》かれて落ち葉がひらひらと舞《ま》い落ち、地面を覆《おお》い尽くしていく。

なんとも風流なものだった。

「じゃが、それで銭《ぜに》を使いすぎて一代で落ちぶれたんでは、本末転倒《ほんまつてんとう》よの」

ふんっと信長は皮肉げに鼻を鳴らす。

神聖アースガルズ帝国《ていこく》初代神帝《ティウダンス》ボーダンは、この巨大《きょだい》建造物を見る限り、なるほど、大した権勢を誇《ほこ》ったのだろう。

だが、二代目の時にはもう屋代骨が傾《かたむ》き、権威《けんい》だけの存在に成り下がってしまっている。

それでは戦乱の世は治まらず、せっかく天下を獲《と》っても意味がない。

「儂《わし》も気をつけねばのう」

思わず自嘲《じちょう》の笑みがこぼれる。

信長自身、日ノ本ではまんまと秀吉《ひでよし》にかすめ取られている。

あまり他人《ひと》のことは言えなかった。

「創業は易く守成は難し、じゃな」

中国は唐《とう》の時代に編纂《へんさん》された『貞観政要《じょうがんせいよう》』の一節で、物事を新しく始めることはたやすいが、それを傾けることなく守り育てて発展させていくのは難しいという意である。

まったくその通りだと、信長も思う。

特に今は、実感が深い。

病《やまい》に侵《おか》された彼《かれ》の寿命《じゅみょう》は、もうそう残ってはいないだろう。

いかに火種を残さずホムラに政権を移譲《いじょう》するかは、ここのところ常に信長の頭にあった問題だ。

実のところ、今回この最後の戦いでホムラに先鋒を任せたのは、その強さを多くの兵たちの目に焼き付け、戦果も挙げさせ、ホムラこそが信長の後継《こうけい》に相応《ふさわ》しいと見せつける為《ため》でもあった。

血統に重きを置かないユグドラシルでは、やはり力と結果を示すのが一番だからだ。

「いかんいかん。後先考えすぎて今をないがしろにしても、それはそれで本末転倒じゃな」

勝利を確信し知らず知らず気が緩《ゆる》んでいる証拠《しょうこ》だ、と信長は自分を戒《いまし》める。

慢心《まんしん》すれば、勝利は指先から零れ落ちることを彼はよく知っている。

物事は詰めこそが重要なのだ。

まずは周防勇斗《すおうゆうと》を見つけ出し、きっちりとどめを刺す。

全《すべ》てはそこからだった。

気を引《ひ》き締《し》め直し、信長は本隊を率い本殿へと乗り込む。

キィン！　キィン！

わあああああ。

「……どうやら始まったようだな」

壁越《かべご》しに響いてくる怒号《どごう》や剣戟《けんげき》の音に、勇斗はスッと集中状態に意識を落としていく。

リーファからもらった双紋《そうもん》の力を使えば、この程度の距離ならば室内の人の動きを知覚することができる。

《グレイプニル》により固く封印《ふういん》されているところを、無理やり引き出しているので多用はできないが、ここがまさに正念場である。

出《だ》し惜《お》しみなどはしていられなかった。

「なっ⁉」

室内の状況《じょうきょう》を確認《かくにん》するや、勇斗は思わず絶句する。

三〇人ほどが詰めていたはずだというのに、すでに半分以下になっているのだ。

まだ始まって数十秒程度しか経《た》っていない。

ありえない事態だった。

「な、なんだ、こいつ!?」

一人、とんでもないスピードで室内を縦横無尽《じゅうおうむじん》に飛び回る気配があった。

人ではなく、猿《さる》かネコ科の動物と言われたほうがまだ納得《なっとく》する。

こんなふざけた存在に、心当たりは一人しかいなかった。

「そうか。こいつがホムラか……っ！」

フヴェズルングから伝え聞いてはいたが、想像以上である。

兵士たちはまったく対処できずに、次々と斬《き》り殺されていく。

わずか数分程度で、室内にいた《鋼《はがね》》の精鋭が皆、物言わぬ骸《むくろ》と化す。

「くそっ、双紋のエインへリアルってやつは、いつもこっちの作戦をちゃぶ台返ししてくれるな！」

思わず毒づかずにはいられない。

ヴァラスキャールヴ宮殿本殿《きゅうでんほんでん》の謁見の間は、読んで字のごとく、神帝《ティウダンス》が配下や地方の宗主《パトリアーク》たちと謁見するための部屋である。

その奥には、神帝《ティウダンス》の寝室《しんしつ》もある。

戦時には敵兵の侵入《しんにゅう》を防ぐため、この部屋に入るには五つもの詰め所を通らねばならない構造になっている。

しかも入口は狭く、中は学校の教室程度の広さはあり、多対一の状況が作りやすい。

これを利用しない手はなく、絶えず数的有利を作ることで敵の侵攻《しんこう》をしのぐというのが勇斗の目論見《もくろみ》だったのだが、完全に根底から見直しを与儀《よぎ》なくされた。

まったくつくづくふざけた連中だと言わざるを得ない。

「これじゃ全然時間稼《かせ》ぎにもならねえぞ」

すでに敵は次の詰め所に入り、一方的な虐殺《ぎゃくさつ》ショーを繰り広《ひろ》げている。

抜《ぬ》け道《みち》はハシゴで降りる形式の為、どうしても降りるのに時間がいる。

脱出にはまだ当分かかるはずだ。

もう一つ、とっておきの策もあるにはあるが、まだ機ではない。

だがこのままでは、明らかに脱出前に踏み込まれる。

「お兄様、わたくしが……っ！」

「お前が行ったところで無駄死《むだじ》にになるだけだ」

ぎりっと勇斗は奥歯を噛《か》みしめる。

いくら双紋といっても、単紋であるフヴェズルングにも遅《おく》れを取っているし、さすがに戦闘能力はステインソール以下だろうと、正直、舐《な》めていたところがあった。

だがそれは、極《きわ》めて大きな勘違《かんちが》いであった。

「今、この状況に限るなら、ホムラはステインソールより上かもしれない」

「ええっ⁉　さ、さすがにそれは……」

「マジだ……」

とにかくスピードが速い上に、壁《かべ》や天井《てんじょう》などを自由自在に使って極めて変則的な機動をする。

動きがとにかく立体的なのだ。

地に足の着いた敵との戦いしか想定していない兵士たちは、ほぼまったく動きに対処できていない。

しかも身体が極めて小さく、的にしづらい。

勇斗にしても、離《はな》れたところから気配を追っているからなんとか捉《とら》えられるだけで、同じ室内にいたならば、ほぼ確実に見失っていただろう。

戦闘においては、腕力《わんりょく》などよりも速さのほうがはるかに厄介《やっかい》なのだ。

「くっ、もう三部屋目かよ！」

どうやら敵は殲滅《せんめつ》よりも、突破《とっぱ》を優先したらしい。

残りの《鋼《はがね》》兵は、後ろに続く部下に処理をさせればいいと判断したのだろう。

単騎駆《たんきが》けなど、本来であれば袋叩《ふくろだた》きの格好の的なのだが、どれだけ雑兵《ぞうひょう》を投入してもこの怪物を倒《たお》せる気がしない。

戦は数の多いほうが基本的には勝つ。

そんな戦場の当たり前の常識が、彼女には通用しないのだ。

「突破された！　ちくしょう、早すぎるだろ！　策を思いつく暇もねえ！」

本来、勇斗はかなり咄嗟の機転が利くほうである。

むしろ追《お》い詰められれば追い詰められるほど、頭の回転が冴《さ》えるタイプだ。

その彼をもってしても、まったく打開策が思《おも》い浮かばない。

そんな時だ。

不意に背後のほうからどよめきが発生する。

「なんだっ⁉」

どうやら謁見《えっけん》の間で何かが起きているらしいが、さすがに壁越しには把握《はあく》できない。

ハシゴが壊《こわ》れでもしたか、と最悪の想像が脳裏《のうり》をよぎる。

弱り目に祟り目《たため》とはまさにこのことを言うのだろう。

早急《さっきゅう》に何が起きたのか確認したいところだったが、

バァン！

今度は前方の扉がものすごい衝撃音《しょうげきおん》とともに弾《はじ》け飛《と》ぶ。

そして現れたのは、実にかわいらしくあどけない少女である。

だが、その顔も服も血で赤く染まっている。

そのアンバランスが、逆におそろしく怖《こわ》かった。

「こいつが織田信長の娘《むすめ》ホムラ、か」

つぶやいた瞬間《しゅんかん》、ぐるりとホムラが振り向《む》き視線が合わさる。

ゾクッと背筋に悪寒《おかん》が疾《はし》った。

「周防勇斗、見ぃつけたぁ」

ホムラはすぅっと勇斗を指さし、にぃいっと嬉《うれ》しそうに笑みを浮かべる。

まさに子供が格好のおもちゃを見つけたような、そんな無邪気《むじゃき》で残酷《ざんこく》な笑みだった。


第一印象は、とにかく小さい、であった。

身長はおそらく勇斗の胸下あたり、一メートルちょっとといったところか。

体格も華奢《きゃしゃ》なもので、片手で簡単に抱《だ》き上《あ》げられそうである。

本当にこの子が《鋼《はがね》》の精鋭たちが詰める関門を次々と突破してきたのか？

そんな疑問さえ浮かぶほどである。

だが、そんな考えは、彼女《かのじょ》の姿がぱっと掻《か》き消《き》え、鮮血《せんけつ》が飛び散った瞬間にものの見事に消し飛んだ。

「子供だからと侮《あなど》るな！　一斉《いっせい》にかかれ！」

「「「「うおおおおっ!!」」」」

勇斗が叫《さけ》ぶやいなや、兵士たちが雄叫《おたけ》びをあげてホムラに一斉に飛び掛かる。

突出《とっしゅつ》した存在ではないとはいえ、彼らも兵農分離《ぶんり》されみっちり訓練を積んだれっきとした職業軍人、いわば戦いのプロである。

子供相手だろうと倒すには数にものを言わせるしかない。

と、彼らも肌《はだ》で感じ取っているのだ。

相手が見た目小さな子供にしか見えなくとも、一切のためらいもなく、容赦《ようしゃ》もなく、四方八方から斬りかかっていく。

その判断は正しい。

間違《まちが》いなく正しいのだが――

「ぐあっ！」

「ぎゃあっ！」

「あぐっ！」

――結果がともなうかどうかは話は別だった。

次々と斬り殺《ころ》されていく。

「よっと」

倒れ伏《ふ》した《鋼《はがね》》兵の背中を蹴《け》って、ホムラが跳《と》び上がる。

「ぐっ」

「あっ」

「くそっ」

タンタンタンッと軽《かろ》やかに兵士の頭を踏みつけながら、どんどん勇斗のほうへと近づいてくる。

兵士たちも掴《つか》もうとしたり、剣で突《つ》き通《とお》そうとしたりするのだが、そのころにはすでに少女はいない。

「はい、おーわりっと！」

あっさり兵士の壁を飛び越《こ》えて、ホムラが勇斗へと斬りかかってくる。

「くっ」

「あぶない！」

キィン！

フェリシアが割って入り、ホムラの短刀を受け止める。

ホムラはその反動で少し離れたところに着地、そこを狙《ねら》いすましたように兵士たちが殺《さっ》到《とう》する。

「きゃあっ！」

——が、ホムラはグンッと凄《すさ》まじい勢いで前方へと加速、兵士たちの攻撃《こうげき》は空を切り、フェリシアが後方へと吹き飛ぶ。

ホムラと切り結び、勢いと膂力《りょりょく》の差で弾き飛ばされたのだ。

「へえ、お姉さんやるね。ホムラの攻撃を二回も防ぐなんて」

感心したように、ホムラが目を瞠《みは》る。

そうしている間にも、背後から兵士が襲い掛かるが、ホムラはまるで見えているかのようにしゃがんで避《よ》け、そのまま足払《あしばら》い、もんどりうった兵士の頭をぐしゃっと踏みつける。

「がはっ」

兵士はピクピクッと痙攣《けいれん》した後、動かなくなる。

頭の下にあったレンガの床《ゆか》に、放射状にヒビが入るほどだ。

仮に生きていたとしても、脳震盪《のうしんとう》でしばらくは動けないだろう。

「へ、陛下を守れーっ！」

「陛下、お下がりください！」

二人の兵士が勇斗を守ろうと立ちはだかるも、

「あっ……！」

「そんな……っ！」

ほんの一瞬《いっしゅん》で崩《くず》れ落ちていく。

勇斗の近衛を務める者たちだ。

決して弱くはない。むしろ手練《てだ》れのはずなのだ。

にもかかわらず、てんで相手にならない。

「ばいばい」

無邪気にそう宣言するや、ホムラは勇斗の心臓めがけて短刀を突き出してくる。

あまりの速さに勇斗は反応もできない。

もうだめか！

思わず固く目をつむり――

キィン！

暗闇《くらやみ》の中、甲高《かんだか》い金属音が響く。

どうやらすんでのところで、誰《だれ》かが助けてくれたらしい。

ほっと安堵とともに目を開き、呼吸が止まった。

実に見覚えのある後ろ姿だった。

ふわりと視界に銀色の髪《かみ》が舞う。

「間一髪《かんいっぱつ》、でしたね」

「ルーネ！」

こういう場面で最も頼《たよ》りになる『最も強き銀狼《マーナガルム》』の帰還《きかん》であった。


「ほ、本当にルーネなのか……？」

問いながらも、勇斗の視界は涙《なみだ》で滲《にじ》んでいた。

これは夢か、と思わず太ももをつねる。

普通に痛かった。

「生きて、生きていたんだな……幽霊《ゆうれい》とか、そんなんじゃないんだよな⁉」

震《ふる》える声で、問いかける。

もう二度と会えないと思っていた。

戦場では確かに情報がしばしば錯綜《さくそう》する。

死体を直《じか》に見たわけでもない。

生きていると信じたくはあった。

嘘だと思いたかった。

それでも、敵がジークルーネを討《う》ったと騒《さわ》ぎ立《た》て、実際に親衛騎団《ムスッペル》は敗走し、トランシーバーも通じないとなれば、生存は絶望的と判断せざるを得なかった。

だが、ジークルーネは今、目の前にいて、二本の足でしっかりと立っている。

生きている。

彼女は間違いなく、生きているのだ。

「御心配《ごしんぱい》をおかけしました。ピンピン……とは申せませぬが、この通り生きております」

刀を構えホムラと対峙《たいじ》しつつ、ジークルーネは背中越しに返してくる。

そのホムラもまた足を止め、興味深そうにジークルーネをジロジロと観察するように眺《なが》め、目をキラキラさせる。

「その銀髪《ぎんぱつ》、お姉さんが噂《うわさ》のジークルーネってひと？　シバのおじちゃんを倒したっていう」

「ああ。わたしがジークルーネだ」

「へええっ！　生きてたんだぁ。あの二人、倒したとか言ってたのに」

強敵が生きていたというのに、なぜか嬉しそうにホムラは言う。

ステインソール同様、競《きそ》い合える存在に飢《う》えているのだろう。

「馬から叩《たた》き落《お》とされはしたな。衝撃《しょうげき》でそのまま気も失ったし、嘘は言っていないと思うぞ。あの勝負に関しては、間違いなくあの二人の勝ちだった」

生真面目《きまじめ》にジークルーネが返す。

敵相手にもわざわざ謹厳実直に受け答えするあたりが、いかにも彼女らしい。

そんなところにも、生きていることを実感する。

「ほんとですよ。あたしが担《かつ》いで逃《に》げなければどうなっていたことか」

やれやれと肩《かた》をすくめながら現れたのは、ジークルーネの妹分ヒルデガルドだ。

「なるほどな」

ようやくいろいろなことに得心がいく勇斗である。

連絡《れんらく》が付かないのはジークルーネが気絶していたから。

そして先程《さきほど》、後ろがざわついていたのも、死んだはずのジークルーネが抜け道を辿《たど》って現れたからだろう。

「まあ、これでなんとか希望は見えてきたな」

ジークルーネは利《き》き腕《うで》を負傷しているのがネックではあるが、双紋のステインソールと幾度《いくど》も渡《わた》り合《あ》い、《炎《ほのお》》最強の猛将《もうしょう》シバを討ち取った名実ともに《鋼《はがね》》最強の武人だ。

ヒルデガルドも、身体能力だけならジークルーネさえ凌駕《りょうが》するという親衛騎団《ムスッペル》の若手のホープである。

フェリシアは戦闘力《せんとうりょく》という点では彼女たちに数段劣《おと》るが、呪歌《ガルドル》などの様々な小技《こわざ》を持っているのでサポート能力が高い。

加えて、ジークルーネとは物心つくかつかないかの頃《ころ》からの幼馴染《おさななじみ》で、お互《たが》い気心が知れており、息の合った連携《れんけい》もできる。

双紋のホムラの脅威《きょうい》は圧倒的《あっとうてき》ではあるが、この三人が揃《そろ》えば勝機は十分にある。

「みんな、時間を稼いでくれ！　俺《おれ》に策がある！　ここまで来たんだ、全員生き残るぞ！」

勇斗は声を振《ふ》り絞《しぼ》って、指示と檄《げき》を飛ばす。

勇斗自身に戦う力はない。

だから、この四年間ずっと、暇《ひま》を見つけては鍛《きた》えてきた。

それでも彼女たちのようには強くはなれなかった。

その事をもどかしいと感じる。

だが、窮地《きゅうち》にあってない物ねだりをしても仕方がない。

今はただ、皆《みな》が生き残るために自分にできることをするのみだった。

結局自分にあるのは、この小賢《こざか》しい頭だけなのだから。


ホムラはただじぃっと現れた銀髪の少女を見つめていた。

彼女の双紋のうちの一つは、生命の力を操《あやつ》る。

さすがに人を操ることはできないが、それでも感じ取れるものはあった。

「んー、その右腕《みぎうで》、怪我《けが》してるみたいだね」

他の部位は、ホムラが思わず目を瞠るほど神力《アースメギン》が力強く流れているのに対し、右腕だけは流れがよどみ、ちょろちょろとした感じだ。

「ああ。シバとの戦いの時にな。仕方ない。あの男相手にこの程度で命を拾えたのだ。安いものだ」

ダランッと右腕を垂らしながら、ジークルーネが答える。

肘《ひじ》のあたりにも真新しい青あざがある。

アラコとガトゥとの戦いで落馬したという話だから、その時に負ったものか。

「残念だよ。できれば万全《ばんぜん》な時のお姉さんと戦いたかった……な！」

言うやホムラは全身を脱力《だつりょく》させ、転瞬《てんしゅん》、前方へと加速する。

波の乙女《おとめ》とかいう連中を見て学んだ歩法である。

予備動作が減る分、相手の反応が一瞬遅《いっしゅんおく》れる。

ホムラの野生動物並みの瞬発力《しゅんぱつりょく》ならば、そのほんの一瞬で相手は何が起きたかもわからずに血の海に沈《しず》む。

それがたとえ腕利きのエインヘリアルであろうと、だ。

キィン！

だが、その攻撃は、ジークルーネにあっさりと受け止められてしまう。

「さすが」

鍔迫《つばぜ》り合いの中、ホムラはニィッと楽しげに笑う。

まったく驚《おどろ》いた風もなく、余裕《よゆう》の対応であった。

今のホムラの動きにも、反応できているということだ。

さすがはあのシバを倒しただけのことはあるということだろう。

「でもやっぱり左手一本じゃもの足りないね」

グンッとホムラは腕に力を込める。

「そうか？」

ジークルーネの刀からふっと力が抜ける。

自らの勢いに、上半身が流れる。

「そうだよ」

だが、ホムラはなんら慌てることもなく、流される力を逆利用して、回転気味に裏拳《うらけん》を放つ。

もうこの技《わざ》はフヴェなんとかで学習済みだ。

初見の時はびっくりするが、種がわかってしまえばどうということはない。

「とっ」

ジークルーネは咄嗟《とっさ》に首を引き、鼻先すれすれでかわす。

フヴェなんとかも直撃《ちょくげき》を受けたこの攻撃まで回避《かいひ》されたことに、ホムラは軽く目を瞠る。

「へえ、やっぱり強いね、お姉さん」

「お前もな。だが、わたしばかり見ていていいのか？」

ヒュンッと風切り音とともに飛んできた何かを、後ろに飛びのいてかわす。

視界の隅《すみ》で鞭《むち》を持った金髪《きんぱつ》の女を捉える。

さっきからいいところでばっか邪魔《じゃま》をするな！　とまずは先にこの女から片付けんと飛び掛かろうとしたところで、

「やっ！」

今度は赤髪の少女が斬りかかってくる。

お？　とホムラは軽く目を瞠る。

これまで戦った誰よりも、その斬撃は速かったのだ。

とはいえ所詮《しょせん》、ホムラの敵ではない。

短刀であっさりと弾《はじ》き、返す刀で喉笛《のどぶえ》を掻っ切る。

――はずが紙一重《かみひとえ》でかわされ、すかさず反撃《はんげき》をしかけてくる。

危なげなくかわし、もう一度、今度は心臓目掛《めが》けて一突《ひとつ》き。

それもすんでのところで防がれ、そのまま剣《けん》の応酬《おうしゅう》となる。

「おおっ⁉」

今度こそ本気で、ホムラは目を瞠る。

これまでもホムラと打ち合える人間がいるにはいたが、基本的には防御一辺倒《ぼうぎょいっぺんとう》で、隙《すき》を見て反撃という感じで、手数においてホムラとまともに張り合える人間は皆無《かいむ》だった。

それをこの赤髪の少女は、しっかりとホムラの速度に食《く》らいついてくる。

「やるじゃん、あんた！」

打ち合いながら、ホムラは感嘆の声をあげる。

もちろん、単純な身体能力だけなら双紋であるホムラのほうが数段上ではあるのだが、それを最速の読みと最小最短の動きで差を埋《う》めてくる。

その動きの美麗《びれい》さには溜息《ためいき》さえ漏れそうである。

「でも、やっぱホムラのほうが上だね」

打ち合いを制し、腕力にものを言わせて赤髪の刀を弾き上げるや、ホムラは薙《な》ぎ払《はら》うように左の肘をえぐり込む。

「くっ！」

赤髪が横に吹き飛んでいく。

だが、それはホムラの一撃《いちげき》によってだけではない。

威力《いりょく》を半減させるためにあえて自分で跳んだのだ。

大した反射神経である。

「ほんとやるね、赤髪！　ちょっと名前教えてよ」

ワクワクと心躍《おど》らせつつ、ホムラは問いかける。

真っ向勝負でここまで自分に迫《せま》った人間は初めてだった。

俄然《がぜん》興味が湧《わ》く。

「ヒルデガルド。親衛騎団《ムスッペル》団長ジークルーネが妹分、ヒルデガルドだ」

赤髪――ヒルデガルドが左腕《ひだりうで》をプルプル振りながら答える。

ホムラの攻撃を受けても折れた様子はない。

ますます嬉しくなる。

「ふ～ん、ヒルデガルドっていうのかぁ。ねえねえ、ヒルデガルド。ホムラの子分にならない？」

「は？」

「なってくれるなら、とと様に頼《たの》んで生かしてあげる。ホムラはね、いずれとと様の後を継《つ》いで《炎《ほのお》》の宗主様になるの。ヒルデガルドなら、そんなあたしの一番の子分にしてあげてもいいかな」

ヒルデガルドがキョトンとするのもかまわず、ホムラは一気にまくしたてる。

この辺りの自分本位さはやはり子供である。

「へえ、ずいぶん高く買ってくれんじゃん。なかなか見る目あるね、あんた」

「でしょでしょ、じゃあなってくれる？」

悪くない感触《かんしょく》に、ホムラはますます舞い上がる。

それぐらい、ホムラは彼女のことがすっかり気に入ってしまっていたのだ。

けっこう年も近いし、友達《ともだち》になれそうだ、と。

ヒルデガルドもニコッと満面の笑《え》みを浮《う》かべて言う。

「絶対いやだね」

「えっ⁉　ななななっ！　なんでぇ⁉」

てっきりいい返事がもらえると思っていただけに、ホムラが戸惑《とまど》う。

自分と通じる何かを、彼女からははっきりと感じたのだ。

ヒルデガルドならきっとわかってくれる。

そんな確信めいた予感があったと言うのに！

「あんたみたいな自分が強いって自惚《うぬぼ》れて、なんでも思い通りにできるってなめてる生意気なガキが、あたしは何より嫌《きら》いなんだよ！」

心底忌々《いまいま》しげに、ヒルデガルドは吐《は》き捨《す》てる。

嫌いという言葉に、ホムラはかつてないほどの衝撃を受け、よろよろと後ろに下がる。

こんなにも自分がヒルデガルドのことを一瞬で好きになったというのに、なぜ彼女は自分と同じ想《おも》いを抱いてくれないのか。

「くくくっ」

「なんスか、ルー姉？」

「昔の自分を見ているようだからだろう？」

「うっさいっス！」

ジークルーネのちゃちゃに、ヒルデガルドは心底いやそうに顔をしかめて返す。

だが、そのやりとりはじゃれあいじみていて、どこか姉妹のような絆《きずな》さえ感じさせる。

すごく、イライラした。

「そう……わかった。じゃ、もう死んじゃえ」

冷たく言い捨て、ホムラはすうっと再び短刀を構える。

せっかく仲良くできそうと思ったのに、かわいさ余って憎《にく》さ百倍である。

自分のものにならないのなら、自分の思い通りにならないのなら、そんなものはこの世にいらなかった。

「そりゃそりゃそりゃそりゃそりゃそりゃー！」

「くおぉぉぉぉっ！」

エインヘリアルたちの戦いは、どんどんとその激しさを増していた。

ホムラからの疾風怒濤《しっぷうどとう》の攻撃を、ヒルデガルドは次々と打《う》ち払い、自らも攻撃の手を休めない。

まさに一進一退の攻防《こうぼう》であったが、

「くっ」

打ち合うにつれ、押《お》され気味になり、ヒルデガルドの口から苦悶《くもん》の呻《うめ》きが漏《も》れる。

(ったく、どんなふざけた身体能力してんのよ、こいつは⁉)

内心、毒づかずにはいられない。

身体能力にかけては《鋼《はがね》》一という自負が、ヒルデガルドにはあった。

ジークルーネ相手にもその部分に関しては勝っているし、脚力《きやくりよく》特化のエルナ、腕力特化のフレンには得意分野では一歩譲《ゆず》りはするが、あくまで一歩であり、総合力なら圧倒《あつとう》している。

もしかしてあたし、ユグドラシル一じゃね？　とさえ正直思っていた。

それが……一〇歳《さい》かそこらのチビガキにぶっちぎられている。

(これが双紋か！)

ジークルーネから話にだけは聞いていたが、想像以上である。

このままじゃやばいかも。

そんな言葉が頭をよぎった矢先、

「せえいっ！」

絶妙《ぜつみょう》のタイミングでジークルーネが割り込んできて、事なきを得る。

「うおおっ！」

すぐさま体勢を立て直し、ヒルデガルドも再びホムラに斬りかかっていき、そのまま三人入り乱れての剣戟となる。

「くうう」

二人の息の合った波状攻撃に、さしものホムラも防戦一方となり、苦悶の声が漏れる。

なにせヒルデガルドとジークルーネの関係は、一朝一夕《いっちょういっせき》のものではない。

それこそ毎日のように模擬戦《もぎせん》を行い、お互いの思考、動き、傾向《けいこう》、癖《くせ》、などなどだいたい把握済だ。

こうするだろうあーするだろう、ならば自分はこうしようあーしようと言うのがなんとなくわかる。わかってしまう。

そんなユグドラシルでも五指に入るであろう二人の、阿吽《あうん》の呼吸の連携攻撃《れんけいこうげき》である。

単純な一＋一は二なんてものではない。

三にも四にもなっている。

いかに双紋《そうもん》のエインヘリアルと言えど、なまなかに太刀打《たちう》ちできるものではなかった。

「うぐぐ……えっ⁉」

不意に、ホムラが驚いたような声を上げ、一瞬、反応が遅れる。

すぐにピンと来る。

フェリシアの呪歌《ガルドル》だ。

姉のジークルーネと懇意《こんい》なので、何度か見せてもらっている。

(さすが陛下の副官を任されてるだけはある!)

まさに絶妙のタイミングと言える。

達人同士の戦いでは、この刹那《せつな》の差が勝敗を分けるのだ。

「はあっ!」

「やあっ!」

息を合わせ、会心の同時攻撃を放つ。

回避も防御《ぼうぎょ》も絶対に不可能、どちらか一方は確実に当たる。

まさにそんな必殺のタイミングであったが、

「なっ⁉」

「っ⁉」

ホムラはまるで瞬間移動でもしたかのように、二人から遠く離れた場所に移動している。

「あいつ……まだ本気じゃなかったっていうの⁉」

ヒルデガルドは戦慄《せんりつ》とともにつぶやく。

今の動き、これまでより段違《だんちが》いに速かった。

ヒルデガルドにも、ほとんど捉えられないほどに。

「いや、違《ちが》う……あれはおそらく『神速の境地』だ」

「ええっ⁉　それってルー姉の⁉」

生死のかかった極限状態でしか使えないため、ヒルデガルド自身はまだ見たことはないが、体感時間が一気に間延びし、身体能力も跳《は》ね上がるというジークルーネのとっておきの切り札だ。

「ああ、フヴェなんとかもそう言ってたね」

ホムラがヒュンッ！　と短刀を一閃《いっせん》しながら笑う。

先程まではやはり、明らかにキレが違う。

「兄さんがっ⁉　あなた、兄さんに何を⁉」

突如《とつじょ》、フェリシアが血相を変えて叫ぶ。

ヒルデガルドは「ん？」と首を傾《かし》げる。

フヴェなんとかと言うのは、おそらく先々代の《豹《ひょう》》の宗主フヴェズルングのことだろう。

確かに勇斗を介《かい》して義兄弟の契《ちぎ》りを結んでいるが、フェリシアのほうが姉だったはずだ。

「余計なことに気を取られるな。敵に集中しろ」

「あっ、はい！」

ジークルーネの言葉に、疑問を頭から放《ほう》り出《だ》す。

確かに、別の事に意識を向けて勝てる相手ではない。

「ん？　お姉さん、あいつの妹なの？　ごめんね、もう殺しちゃった」

ホムラがぺろっと舌を出す。

ちょっとした悪戯《いたずら》とでもいうように。

「そ、そんな……よ、よくも兄さんを……っ！」

フェリシアが激昂《げきこう》とともに鞭を飛ばす。

だが、今のホムラにそんなものが通用するはずもない。

ことなげにかわしながら、一瞬で間合いを詰《つ》める。

「寂《さび》しくないよう、お姉さんもフヴェなんとかのところに送ってあげるよ」

そう告げて、ホムラは短刀をフェリシアの胸元《むなもと》に繰《く》り出す。

完全に反応できていない。

キィン！

しかし、その凶刃《きょうじん》はすんでのところで受け止められる。

「そういうのをな、有難迷惑《ありがためいわく》というんだ」

鍔迫り合いの中、ジークルーネが殺気のこもった低い声で言う。

今のジークルーネの動きは、ヒルデガルドが知るどの時よりも格段に迅《はや》かった。

おそらく無二の友人の危機をきっかけに、彼女も入ったのだ。

神速の境地に。

「っ！」

「くるなっ！」

すかさず加勢に入ろうとしたヒルデガルドであったが、踏《ふ》み出そうとした瞬間に厳しい制止の声がかかる。

慌《あわ》ててヒルデガルドは踏みとどまる。

「神速の相手は、同じ境地にいる者にしか無理だ。下がっていろ！」

「し、しかし……」

ヒルデガルドは思わず躊躇《ちゅうちょ》する。

ジークルーネが万全の体調であったならば、ヒルデガルドも絶対の信頼《しんらい》をもってすぐに言われた通りにしたであろう。

だが、今のジークルーネは利き手《て》を満足に使えない状態だ。

しかも、先の戦《いくさ》でも神速の境地で身体を酷使《こくし》している。

本来であれば、今は筋肉痛で動くことすらままならないはずなのだ。

その激痛を意志の力で無理やり押さえつけているに過ぎない。

だが、そんな無理がいつまでも続くわけもない。

「や、やっぱりわたしも……」

加勢します。そう言いかけたその時だった。

「がはっ！」

ジークルーネの口から、苦悶の声が漏れていた。

なんとか短刀の攻撃は刀で防いだみたいだが、その脇腹《わきばら》にはホムラの左拳《こぶし》がねじ込まれていた。

たまらず、ジークルーネはその場に片膝《かたひざ》をつく。

「へえ。今のホムラの動きにも反応するなんてすごいね。できれば、怪我してない時にやりたかったな」

傲然《ごうぜん》とジークルーネを見下ろし、ホムラは短刀を掲《かか》げる。

ルー姉が殺される。

そう思った瞬間《しゅんかん》。

ぷつんっとヒルデガルドの意識が途切《とぎ》れ――

彼女の心の奥底《おくそこ》でずっと眠《ねむ》っていた『獣《けもの》』が目を覚ます。

「へえ。今のホムラの動きにも反応するなんてすごいね。できれば、怪我してない時にやりたかったな」

冷たくそう呟《つぶや》くホムラの声が耳朶《じだ》を打つ。

このままではまずい。

すぐに回避せねばと思うのだが、呼吸すらままならない。

（父上、申し訳ありません）

さすがのジークルーネも死を覚悟《かくご》する。

「ぐるぁっ！」

突如、突っ込んできた赤い影《かげ》がホムラに襲《おそ》い掛《か》かる。

「ヒ、ヒルダ⁉」

その鬼気《きき》迫《せま》る形相に、ジークルーネは目を疑う。

身体からあふれ出す神力《アースメギン》も並大抵《なみたいてい》ではない。

「わわっ！」

キイン！

慌ててホムラはヒルデガルドの斬撃を受け止めるも、その膂力と勢いにたたらを踏む。

ヒルデガルドはすかさず追撃《ついげき》し、そのまま激しい剣戟《けんげき》に移行する。

「ル、ルーネ、大丈夫《だいじょうぶ》⁉」

フェリシアが心配そうに駆《か》け寄《よ》ってくる。

「ああ、なんとかな」

助け起こそうとする彼女《かのじょ》の手を借り、ジークルーネはなんとか立ち上がる。

まだ脇腹はズキズキと痛み、ろくに身体が動かないのがもどかしい。

「あれ、一年以上前に、あなたと初めて戦った時に見せたやつよね？」

「ああ、早く止めないと」

「えっ⁉　なぜ⁉　あのホムラと互角《ごかく》に渡り合ってますわよ⁉」

きっぱりと言うジークルーネに、フェリシアが驚きの声をあげる。

確かに、あの状態のヒルデガルドは、身体能力が跳ね上《あ》がる。

おそらく単純な速度だけなら、神速状態のジークルーネすら上回るだろう。

だがあの状態の彼女には、致命的《ちめいてき》な欠点があるのだ。

「今のあいつは獣と一緒《いっしょ》だ。理性を完全に失っている。味方と敵の区別もつかない。そんな状態で勝てる相手では……」

「でも、押してますわよ？　それに貴女《あなた》を守ってましたし」

「……確かにな」

言われてみれば、とジークルーネは訝《いぶか》しげにヒルデガルドの動きに意識を向ける。

そして、すぐに気付く。

「奇麗《きれい》で無駄《むだ》のない動きだな」

パチクリとジークルーネは目を瞬かせる。

むしろ意識がある時よりも、明らかに洗練されている。

誇張抜《こちょうぬ》きで、団員たちにお手本として披露《ひろう》したいほどである。

フッと思わず、ジークルーネの口から笑みがこぼれる。

「不真面目《ふまじめ》なふりして、どんだけ剣振《けんふ》ってんだよ、あいつは」

おそらくヒルデガルドは、ジークルーネとの訓練の後に、自主的に何度も何度も型をなぞり、本能になるまで身体に染み込ませたのだろう。

そうとしか考えられなかった。

しかも、ただ闇雲《やみくも》になぞってもいない。

自分の体格・筋肉に合うようにしっかり微調整《びちょうせい》がなされている。

「自分の剣を、ちゃんと見つけていたんだな」

そんな状況《じょうきょう》ではないとわかってはいるのだが、感慨深《かんがいぶか》げにジークルーネはつぶやく。

意識のある時は功を焦《あせ》ったり自分をよく見せようと格好つけたりして剣が乱れていたが、
闘争《とうそう》本能だけの獣になったことで、逆にそういう雑念が取《と》っ払《ぱら》われたのだろう。

まったくしょうもない奴《やつ》である。

ただありのままを見せれば、こんなにも強かったというのに。

「があああああああっ！」

「うりゃあああああっ！」

二人の戦闘《せんとう》は、なお加速していく。

速度と膂力《りょりょく》はやはり双紋のホムラのほうが若干《じゃっかん》上だろう。

だが、ヒルデガルドはその差を蓄積《ちくせき》した技術で見事に埋めている。

まったくの互角である。

「がぁっ⁉」

「ぐっ⁉」

二人の武器がぶつかり合った瞬間、両方ともが彼女たちの手からすっぽ抜《ぬ》ける。

その人外の破壊力《はかいりょく》のぶつかり合いに、彼女たちの握力《あくりょく》のほうが根を上げたらしい。

本来であれば、武器を拾いにいくところだが、熱くなった二人は違った。

闘争本能のままにお互い拳を繰り出す。

ホムラの拳がヒルデガルドの顎《あご》をかすめるように空を切り――

ヒルデガルドの打ち下ろしの右拳が、ホムラの左頬《ほお》にめり込む。

ほぼ同時であったが、打ち勝ったのはヒルデガルドのほうだった。

ホムラの身体が横倒《よこだお》しに地面に叩きつけられる。

「よし！」

ジークルーネは喝采《かっさい》とともに拳を握《にぎ》る。

「ヒルダ、よくや……」

ねぎらいの言葉をかけようとしたところで、カクンッとヒルデガルドの膝《ひざ》が折れ、そのまま地面に前のめりに倒《たお》れる。

そして交代するように、黒髪《くろかみ》の少女が立ち上がってくる。

「いちちっ、あれ？　かすっただけなのに倒れてる？」

ホムラは鼻血を垂らしながら、キョトンとしている。

倒した本人が、よくわかっていない感じだった。

一方のヒルデガルドは、完全に白目を剥《む》いている。

ジークルーネのあずかり知らぬことであるが、超高速で顎をかすめたことで脳が激しく揺さぶられ、脳震盪《のうしんとう》を起こしたのだ。

当然、ホムラは狙ったわけではなくヒルデガルドにかわされた結果の明らかに偶然の産物であり、先程の打ち合い自体は間違いなく芯を捉えたヒルデガルドが勝っていたと言える。

だが、こういうことが往々にして起こるのが勝負というものである。

まさに不運としか言いようがなかった。

「なんかよくわかんないけどとりあえず、ホムラの勝ち、かな。でも、本当に強かったよヒルデガルド。ホムラの目に狂《くる》いはなかったね。ホムラとここまで本気でやりあえる人間がいるなんて思わなかった」

うんうんとホムラは満足げに頷《うなず》く。

そのまま少し考えて、

「んー、殺しちゃうのはちょっともったいないな。うん、ヒルデガルドは生かしておいてあげる」

ビシッとヒルデガルドを指さして、ホムラは言う。

男同士が殴《なぐ》り合って友情が深まると言う話はよく聞くし、彼女なりにヒルデガルドのことが気に入ったらしい。

とりあえずヒルデガルドの命の心配がないのは有《あ》り難《がた》いが、

「でも、お前たちは別。とと様から言われたんだ。周防勇斗の首を獲《と》ってこいって」

問題はこの怪物《かいぶつ》をどう止めるか、だ。

連戦と神速の境地の酷使で、ジークルーネの体力はほぼほぼ限界に近い。

フェリシアはほぼ無傷ではあるが、彼女の力では五秒も保《も》つまい。

万事休《ばんじきゅう》すである。

「へっ、そううまくいくかな？」

それでもただ一人、まだ諦《あきら》めていない者がいた。

黒髪の少年が、ニッと不敵に口《くち》の端《は》を吊《つ》り上げてみせる。

「強がりはよしなよ。お兄さん、とと様と同じ王様の雰囲気《ふんいき》は持ってるけど、強さ自体は大したことないよね？　ホムラにはハッタリは通用しないよ？」

ホムラはフッと鼻で笑う。

確かにこの状況では、強がりにしか見えないだろう。

だが、ジークルーネは知っている。

彼《かれ》が不敵に笑ったのなら、確かな勝算があってのことなのだ、ということを。

「強がりかどうかは、すぐにわかるさ。お、来たぞ」

ドォン！　ドォン！　ドォン！　と各所で爆発音《ばくはつおん》が響《ひび》き渡る。

そして、ゴゴゴゴゴゴッと大地がこの世の終わりのごとく鳴動し始めた。


「……妙《みょう》じゃな」

本殿《ほんでん》の回廊《かいろう》を闊歩《かっぽ》しつつ、信長はぎゅっと眉間《みけん》にしわを寄せた。

侵攻《しんこう》自体は抵抗《ていこう》らしい抵抗もなく、いたって順調である。

罠《わな》の気配も、今のところない。

大半の《鋼《はがね》》兵は完全に指揮系統を失い、散り散りに潰走《かいそう》した。

逃《に》げ遅《おく》れた兵も何人か捕《つか》まえたが、皆、敗北に完全に心折れていた。

あの表情に、嘘《うそ》はない。

一応、宮殿《きゅうでん》に三〇〇〇人ほどは逃げ込んだというが、あの士気では到底《とうてい》、使い物になるまい。

つまり、伏兵《ふくへい》もほぼないといっていい。

全《すべ》ての指標が、疑う余地もなく《炎《ほのお》》の勝利を指し示している。

だというのに、どうにも胸騒《むなさわ》ぎが止まらない。

本殿を進めば進むほど、強まるばかりだ。

「だがここで、見逃《みのが》すという選択肢《せんたくし》もないわなぁ」

あと一歩のところまで追いつめているのだ。

罠だという確証でもあるならともかく、なんとなく嫌な予感がするというだけで撤退《てったい》などできるわけがない。

そこまで考えてふっと違和感《いわかん》に気づく。

「選択肢がない？　できるわけがない？」

呟き、信長は愕然《がくぜん》とする。

まるで思考を一つの方向に誘導《ゆうどう》されているような、そんな感覚が生まれたのだ。

「いやいや、さすがにこれは杞憂《きゆう》じゃな」

ぶんぶんっと信長は首を左右に振る。

ありえない。ありえるはずがない。

理性はそう判断するのだが、胸騒ぎは消えない。強まる一方だ。

「一旦《いったん》退いて様子見をするか？　いや、しかしそれは……」
逡巡《しゅんじゅん》しかけたその時だった。
ドォン！　ドォン！　ドォン！　ドォン！
四方八方から爆発音が響いてくる。
各所で戦闘でも発生したか、と一瞬《いっしゅん》思ったが、違った。
ついでゴゴゴゴゴッと何か地響《じひび》きのようなものが轟《とどろ》いてくる。
「ちぃっ、やはり罠か⁉　くそっ、退避《たいひ》！　退避ーっ！」
舌打ちとともに信長は声を張り上げ、自身も出口へと駆け出す。
だがすでに、本殿の最深部に近いところまで来ている。
果たして間に合うのか。
ミシミシミシッと壁《かべ》や天井《てんじょう》が嫌《いや》な軋《きし》みを響かせ始める。
天井が、壁が、柱が、傾《かたむ》いていく。
「くっ、間に合わん……っ！」
ぐらぁっと天井が押し寄せてくる。
それはもはや避《よ》けようもなく――
ズズゥウゥン……。

重々しい地響きが大地を揺《ゆ》るがす。

二〇〇年の歴史と伝統を誇《ほこ》り、まさに神聖アースガルズ帝国《ていこく》の象徴《しょうちょう》でもあったヴァラスキャールヴ宮殿はあとかたもなく崩《くず》れ落《お》ち、今ここに終焉《しゅうえん》を迎《むか》えたのである。


「ふぃー、とりあえず、なんとか生きてるみたいだな」

地響きが収まり、勇斗は大きく安堵《あんど》の吐息《といき》をつく。

この仕掛《しか》けの為に、謁見《えっけん》の間と詰め所《しょ》にだけ、壁と天井をローマンコンクリートで補強しておいたのだ。

とは言え、耐《た》えられるかどうかは賭《か》けなところがあった。

実際、壁のところどころに亀裂《きれつ》が入っている。

「す、周防勇斗！　お、お前、何をした!?」

ホムラが表情を強張《こわば》らせながら叫《さけ》ぶ。

あまりの轟音《ごうおん》に、さすがに不安を覚えているらしかった。

だから、ニィィッと思いっきり悪どく笑ってみせる。

「この本殿を丸ごと倒壊させてやったのさ」

ヴァラスキャールヴ宮殿自体、先の二度の大地震《だいじしん》により亀裂など深刻なダメージを負っており、かなりギリギリのところで保っているところがあった。

ならば、とあらかじめ宮殿を支える大黒柱とも言うべき要所を見繕《みつくろ》い火薬を詰めておき、火縄《ひなわ》を導火線にして、《炎《ほのお》》軍が本殿に侵入《しんにゅう》したのを見計らって風の妖精団《ヴィンダールヴス》に火をつけさせたのである。

ちょうど《炎《ほのお》》軍が本殿の奥《おく》に進んだあたりで爆発《ばくはつ》するように。

慎重居士な信長であるが、こと戦においては、最前線に立つことを好む。

自ら敵を斬り倒したという逸話にも事欠かぬほどだ。

それが兵たちを最も鼓舞することを知っているからだろう。

天下分け目の大一番である今回はなおのこと、自ら兵を率いてこの本殿に乗り込んでくる。

信長という漢《おとこ》を知るがゆえにそう確信し、用意しておいたのだ。

この崩落の計を。

転んでもただでは起きない。

常に失敗した時の事を考え、二番手、三番手の策を用意しておくのが、勇斗と言う男である。

これはまさに、決戦に敗れた時用に準備しておいた、一発逆転の最終手段であった。

「お前の大事なとと様も、本殿に突入《とつにゅう》してたよな？　今頃《いまごろ》瓦礫《がれき》の下敷《したじ》きかもな。早く助けに行かないと……」

「っ！」

勇斗が言い終わるより早く、ホムラは脱兎《だっと》のごとく詰め所を飛び出していく。

前の詰め所のほうからも、兵たちが一斉に引いていくのが気配でわかった。

隊を預かるホムラが撤退したのだ。

彼らも従うのが道理であった。

「ふぃぃぃぃ」

《炎《ほのお》》軍が立ち去ったのを確認《かくにん》してから、勇斗はへなへなとその場に尻《しり》もちをつく。

ホムラがファザコンであるということは、すでにクリスティーナの調べで聞き知っている。

あの物々しい地響きの後だ。

ああいう風に言えば撤退する、と思っていたのだ。

だがもし信長の仇《かたき》と攻《せ》めてこられたら、今の勇斗たちに余力はなく、間違《まち》がいなく一網打尽《いちもうだじん》にされていただろう。

あるいはあと少し爆発が遅《おそ》かったら、それでもまた全滅《ぜんめつ》していたに違いない。

まさにギリギリのハッタリ勝ちだった。

「よし！　みんな、とっととずらかるぞ。負傷した者には手を貸してやれ」

いつホムラたちが戻《もど》ってくるともわからない。

もうこんなところにとどまっている理由はない。

今がまさに、脱出《だっしゅつ》の千載一遇《せんざいいちぐう》のチャンスであった。

「はあ、しかし、うまくいったからよかったものの、こんな一《いち》か八《ばち》かの危険な賭け、二度とやりたくねえな」

玉座へと向かいつつ、勇斗ははあっと大きく息をつく。

正直、撤退を決めてから今の今までずっと、生きている心地《ここち》がしなかったのだ。

ホムラとの駆け引《ひ》きだけでなく宮殿崩落策《きゅうでんほうらく》まで含《ふく》めて、正直、同じ状況でもう一度やれと言われても、成功する自信がまったくなかった。

一〇回やって一度うまくいけば御《おん》の字《じ》だろう。

よくその一回を最初に引けたものだと自分でも思う。

「ほんとに。最初に策を聞いた時には、正直、耳を疑いましたわ」

フェリシアもふふっと苦笑《くしょう》気味に肩《かた》をすくめる。

勇斗がこの策を告げた時のことを思い出したのだろう。

勇斗もはははっと思わず苦笑する。

あれは確かに、今から思い返せば傑作《けっさく》であった。

なにせ会議にいた皆《みな》が皆、勇斗の正気を疑ったのだから。


時は会戦前夜に巻き戻る。

主だった将を集め、今後の対策を練っていた時のことだ。

「わざと負けて敵をこの宮殿に誘い込む⁉」

ファグラヴェールの驚《おどろ》きの声が謁見の間に轟き渡《わた》った。

勇斗は慌てて彼女の口を手で押さえる。

「ばっ⁉ お、大声を出すな。これは超極秘《ちょうごくひ》の機密事項《じこう》だ」

「あっ、も、申し訳ございません」

すぐにはっとなり、ファグラヴェールもくぐもった声で謝罪の言葉を口にする。

もう大丈夫かと勇斗は手を放し、ふうっと嘆息《たんそく》する。

「ファグラヴェール、『謀《はかりごと》は密なるをもって良しとす』だぜ？」

「はっ、その、弁解のしようもございません……」

「いや、わかってくれたならいいさ。でもほんと頼《たの》むぜ」

勇斗は唇《くちびる》に人差し指を当てて念を押す。

すでに事前に周辺の部屋も人払《ひとばら》いしてはあるのだが、それでも大声を出されるのはさすがに勘弁《かんべん》だった。

この作戦は、万が一にも兵たちにバレるわけにはいかないのだ。

「あと訂正《ていせい》だ。別にわざと負けるつもりはない。本気で勝つつもりでやって、負けたらそっちの作戦に切《き》り替《か》えるってだけだ。ただ正直、勝てる気がしないな」

ははっと勇斗は力なく笑う。

これまで何とか凌《しの》いできたが、そもそも兵力が違う。

しかも率いるのはあの織田信長だ。

勝ちを拾い続けるなど、土台無理な話だと勇斗は思う。

リボルバーに五発弾《たま》が入った六装填《そうてん》式の拳銃《けんじゅう》でロシアンルーレットをやり続けるようなものである。

「なら、逆転の発想だ。ほぼほぼ負けるのが決まっているのなら、その、負、け、を、利、用、す、る、」

「《雷《いかづち》》との戦で用いた釣《つ》り野伏《のぶせ》、でございますね」

フェリシアが心得たように答える。

《狼《おおかみ》》時代からの諸将たちも、うんうんと頷く。

釣り野伏——

部隊を三隊に分け、正面部隊で敵を釣り、残り二隊が伏《ふ》せているところまで誘導し、包囲殲滅《せんめつ》するという戦術だ。

戦国時代の九州の雄島津《ゆうしまづ》家はこれを得意とし、幾度《いくど》となく寡兵《かへい》で大軍を打ち破っている。

この作戦はその応用だった。

「なるほど、そんな策が……しかし、ううむ……」

詳細《しょうさい》を聞いたファグラヴェールは感嘆《かんたん》しつつも、唸《うな》ってしまう。

紀元前一五〇〇年の時代に生きる彼女には、あまりに高度すぎて夢物語のように思えるのかもしれない。

実際、カリスマ性のある将軍と、極《きわ》めて訓練された兵がいて初めて成し得る、超高難度《ちょうこうなんど》の戦術だった。

「しかしそれなら、勝つつもりで戦うまでもないのでは？　そこそこのところで退却《たいきゃく》したほうが兵の被害《ひがい》も少ないかと」

ファグラヴェールの疑問はもっともではある。

それが一見、理に適《かな》っているように思える。

相手が織田信長でなければ、勇斗もそうしていたかもしれない。

「ダメだ。それだと多分、信長にはバレる。生半可な偽装退却《ぎそうたいきゃく》は、通用しない」

その確信が、勇斗にはあった。

信長の危機察知能力は、並外れたものがある。

それは歴史を見てもそうだし、実際に相対した感触《かんしょく》でも気づいていた。

先のグラズヘイムを焼き尽《つ》くした火計の件もある。

下手な退却では、ほぼ間違いなく罠を疑うはずだ。

「釣り野伏の秘訣《ひけつ》は、正面部隊が本気だと思わせることだ。なら、本気でやって、本気で負ける。正真正銘《しょうしんしょうめい》の本物ならば、いくら信長だって罠だとは疑わないだろう」

「……なるほど……しかし、かなり危険な賭けになりますね」

「承知の上だ」

勇斗はグッと血が滲《にじ》まんばかりに固く拳を握り、声に苦渋《くじゅう》を滲ませながら言う。

どう考えても、この作戦は少なくない損害が出るのは間違いない。

だが、整然とした見事な退却戦《たいきゃくせん》を行えば、敵を誘い込めない。

そうすれば結果、はるかに大きな人的被害を生むだろう。

ならば心を鬼《おに》にして、大を生かす為に小を切るのが人の上に立つ者の義務であり仕事だった。

「して、敵を誘い込んだ後、いかがなさるおつもりで？」

「ヴァラスキャールヴ宮殿を崩落させる」

今度こそファグラヴェール含めその場にいた諸将たちの目が点になった。

「……さて、ここはどっちじゃろうな」

信長はゆっくり瞼《まぶた》を開け、自嘲気味につぶやく。

視界は完全に真っ暗であり、身体もまったく身動きが取れない。

これではここが現世なのかあの世なのか、それすらわからなかったのだ。

「ふむ、とりあえずのところ、生きてはおるようじゃな」

不幸中の幸いと言うべきか、右手が胸の近くにあったため、ドクンドクンッと心臓の鼓動を感じ、信長はふうっと小さく安堵《あんど》の吐息をつく。

状況からして、今の信長は瓦礫《がれき》の下敷きといったところか。

ずしんっと全身に何かが重く圧し掛かっているのを感じる。持ち上げようにもびくとももしない。

胸がかなり圧迫され、正直、かなり息苦しい。

しかも、である。

「うわあああっ！」

「くっ、落ち葉に引火した！」

「くそ、こっちもだ！　消せ！　消せ！」

「火のめぐりが速い！　どんどん燃え移って……」

追い討ちをかけるように、兵士たちの慌てふためく声が響いてくる。

おそらくは、後詰めの兵士たちであろう。

早く自分を掘り起こして助けろと言いたいところだが、どうやら自分たちの事に手いっぱいでそれどころではない様子である。

さすがの信長の口からも、盛大に忌々しげな舌打ちが漏れる。

「ちぃいっ、全てはこのためじゃったか！」

事ここに至り、信長も勇斗の策の全貌を理解する。

しかし、現実にこの状況になってさえ、まさか、という思いが強い。

宮殿を丸ごと倒壊させ火を放とうなどという発想もなかなかにぶっ飛んでいるが、それよりもっと恐ろしいのが、あのギリギリの決戦そのものが撒き餌だったという点だ。

本殿の周囲は、見事な庭園が囲んでおり、木々にあふれ、地面には落ち葉がこれでもかと敷き詰められていた。

この数日、雨も降っておらず乾燥もしている。

かなり燃え広がりやすい状況だった。

これがもし、小競り合い程度の撤退であったならば、慎重な侵攻を行っていただろう。

それをさせないために、一気に攻め込ませるために、正真正銘、本物の退却を用いたのだ。

「いくら儂《わし》の油断を誘うためとはいえ、そこまでやるか」

その為《ため》にいったいどれだけの危険を冒すことになるか。

一歩間違えれば、全軍壊滅である。

あまりに荒唐無稽で狂気じみているとしか言いようがなかった。

「おい、誰かおらぬか⁉」

信長は喉をふり絞って大声をあげる。

早くここから脱出して指揮を執らねば、収拾がつかなくなる。

いやそれどころか、このまま生き埋めになって死ぬことも有り得る。

「儂はここじゃ！　早く助けだせい！」

再び叫ぶも、やはり返事はない。

ざわめきの聞こえ方からして、兵たちは遠くにおり、信長の声は届いていないのだろう。

ここで下手に体力を消耗しては、いざという時に叫べなくなる。

このまま生き埋めになるのでは？

そんな焦燥感に駆られるがグッとこらえ、ただ機をじっと待つ。

どれだけ待ったか。

「とと様！」

頭上より、最愛の娘の声が響く。

「おお、ホムラか！」

「とと様！　良かった、生きてた！　すぐ助けるからね！」

涙に滲《にじ》んだ歓喜の声が上がり、ズゥン！　ズゥン！　と重たい音が響く。

と同時に身体が軽くなっていく。

おそらくホムラが瓦礫を放り投げているのだろう。

相変わらず我が娘ながら、とんでもない力である。

「ふうっ、空気がうまい……とは言い難いが、やはり外は開放感があるわい」

ほどなくして、掘り出された信長は外気を堪能する。

生暖かい風と火の爆《は》ぜる音がところどころから聞こえてくる。

「ったく、してやられたわい」

忌々しげに顔をしかめ、周囲を見回す。

荘厳なる宮殿はもはや影も形もなく、一面の瓦礫の山が広がっていた。

おそらく、信長と一緒に踏み込んだ一万の兵たちも、この下に埋まっているのだろう。

信長のようにまだ息のある者もいるだろうが、すでに命を落とした者も少なくあるまい。

重症を負い、動けない者も相当数に上るはずだ。

かなり手痛い大損害である。

しかも、方々からは火の手も上がっており、生きている兵たちも恐慌状態で逃げ惑っている。

「さて、どうしたものか」

信長が思案しかけたその時だった。

ポツリと水滴が頬を打つ。

はっとなって空を見上げ、信長はニッと口の端を吊《つ》り上げる。

「くくっ、つくづく天は儂を生かしておきたいと見える」

危機において、雨に救われたことは桶狭間《おけはざま》をはじめ、何度かある。

今回もそうだった。

火の手と兵の混乱が一気に収まっていく。

「大殿、よくご無事で！」

遅まきながら、後詰隊を任せていた将がこちらを見つけたらしく、駆け寄ってきて涙ながらに言う。

「うむ。儂も今回ばかりはさすがに死ぬかと思ったわい」

「ははっ、生き延びられたのは、まさに大殿の天運の為《な》せる業かと」

「で、あるな。つくづく儂も悪運が強い。まあ、生き延びたからにはきっちり報復してやらねばな。者ども、そこじゃ！　そこを探せ！」

言って、信長が指さした先にあったのは、本殿で唯一原形をとどめていた部分である。

他が崩れたというのに、そこだけが残っている。

もちろん偶然の可能性もあるが、信長にはそれは必然に思えて仕方なかった。

「うん、さっきまでそこにいたよ！　ホムラ覚えてる」

「で、あるか。聞いたな？」

「はっ！　では早速！」

将が部下を率いて残存している本殿へと突っ込んでいく。

だが、しばらくして意気消沈した顔をして帰ってきた。

「も、申し上げます。中には人っ子ひとりおりませんでした」

「うそっ⁉　さっきまでいたよ、そこに！　周防勇斗！」

兵士の報告に、ホムラが驚きの声をあげる。

しかし、信長の顔に浮かんだのはニィッとした獰猛《どうもう》な笑みだった。

「やはり生きておったか、周防勇斗。そうでなくてはなぁ」

むしろ、よくぞ生きていてくれたと思う。

散々煮え湯を飲まされたのだ。

負けっぱなしは信長の性には合わない。

「抜け道じゃ！　必ず抜け道がある！　探せい！」

「は、ははーっ！」

雷鳴のような信長の指示に、将軍はとんぼ返りする。

その背中を見送りながら、今度は近くにいた兵を手招きして呼びよせ、

「急ぎ東軍と西軍にも周防勇斗を探すよう伝えよ！　草の根分けても探しだし、儂の下に連れてまいれ、とな！」

さすがにもうこれ以上の策は、周防勇斗も用意しているとは思えない。

兵もほとんど散り散りとなり、手元にはもういくらの兵も残っていない。

対して信長にはまだ、後詰として本殿外に待機させていた兵二万と、東軍二万、西軍二万という兵が潤沢に残っている。

戦術的にも将としても敗北を喫したかもしれないが、戦略的にはもはや信長の圧勝といっていい状態だった。

中国の楚漢戦争においても、項羽《こうう》は九九度劉邦《りゅうほう》に勝利を収めながら、たった一度、最後に敗れたことで天下を失った。

一方、漢を興した劉邦は、九九度項羽に敗れながら、たった一度最後に勝利したことで天下を手中にした。

信長は元より項羽になる気などさらさらない。

局所の勝利などいくらでもくれてやろう。

信長が求めるのは、ただただ天下のみである。

劉邦のごとく、最後に勝利の美酒を浴びることができれば、それでいいのだ。

「ホムラも探すーっ！　あいつの神力《アースメギン》はもう覚えたし！　すぐ見つけてやるんだから」

「おお、頼もしいのぅ！」

になる。

「とと様、待っててね！　よぉし、いっくぞぉ……あれ？」

いざ走りだそうとしたところで、突如、カクンとホムラの膝から力が抜け、四つん這《ば》い
その腕も身体を支え切れずに潰れ、ぐしゃっとほっぺたが地面にキスをする。

「あうぅ……あれぇ、な、なんか、力が……出ない……お腹《なか》すいたぁ……」

先程までの快活さとは打って変わって、ホムラはなんとも情けない声と盛大な腹の音を
響かせる。

「ふうっ、驚かせるでないわい。どこか怪我《けが》でもしたのかと心底焦ったぞ」

信長は大きく安堵の吐息をつく。

とは言え、もっともな話でもあった。

この戦が始まって以来、ホムラはほとんどずっと戦いづめである。

しかも信長のあずかり知らぬことではあるが、神力《アースメギン》の境地という体力を湯水のごとく消
耗する技も、先程の瓦礫撤去も含め三回も用いている。

いかに双紋のエインヘリアルとて、まだ彼女は一〇歳の子供なのだ。

さすがに体力も底を尽きようというものだった。

「ほれ、手を貸……」

信長が手を差し出し、ホムラを助け起こそうとしたその時だった。

信長は視界に、はるか遠く火縄銃を構える仮面の男を捉える。

気が付けば、身体が勝手に動いていた。

咄嗟《とっさ》に信長は娘をかばうように、その身に覆いかぶさる。


ダァン！

そんな父娘の情に斟酌《しんしゃく》することなく、銃声は冷たく鳴り響いた。


仮面の男フヴェズルングは、ぽいっと火縄銃を放《ほう》り捨てる。

できれば二発三発と追撃したいところではあったが、すでに兵たちが周囲を囲んでいる。

これではもう標的に当てるのは不可能だった。

「ちっ、やはり私は詰《つ》めが甘《あま》い」

忌々しげに舌打ちし、はあっと嘆息する。

ホムラを狙《ねら》ったというのに、別の的を撃《う》ってしまった。

結果、大金星であったと言えるかもしれないが、あくまでフヴェズルングの標的は自ら に屈辱《くつじょく》を負わせたホムラただ一人である。

失敗は、失敗だった。

「フェリシアの言う通り、私はそういう星の下に生まれているのかもしれんな」

「馬鹿《ばか》なこと言ってないで、とっととずらかるよ。敵もこっちに気づいたみたいだ」

呆《あき》れたように、妻のシギュンが急《せ》かしてくる。

少しぐらいは余韻に浸《ひた》りたかったというのに、全く忙《せわ》しない限りである。

「ほら、肩」

「ああ、すまんな」

シギュンの肩を借り、フヴェズルングは立ち上がる。

ホムラにやられた右足の傷は深く、正直、歩くことすらままならないのだ。

「ったく、自ら捨て奸《がまり》とか、あんたいつからそんな忠誠心の厚い男になったんだい？」

「はあ？」

心底嫌そうに、フヴェズルングは表情をゆがめたものである。

あのクソガキに忠誠を尽くすなど、正直、身の毛がよだつ。

これはそんなものでは絶対にないのだ。

「何を勘違《かんちが》いしているのかしらんが、私は単に仕返しをしたまでだ。いくら双紋とは言え、一〇歳かそこらのがきんちょに負けたままでいられるか」

忌々しげに、フヴェズルングは鼻を鳴らす。

屈辱を与《あた》えられた相手には、どんな卑怯な手を用いてでもきっちり倍にして返すのが彼の信条なのである。

「はいはい、そういうことにしておいてあげるよ」

「本当のことなんだがな」

「あんたは稀代《きたい》の嘘つきだからね」

「ちっ」

思わず舌打ちする。

そのすべてを見透《みす》かしたような口調が、気に入らない。

とは言え、今彼が生きているのは、他でもない彼女《かのじょ》のおかげであった。

あの時――

そう、フヴェズルングがホムラに太ももを斬《き》られ、愛刀も失い、往生際《おうじょうぎわ》の悪い彼も、さすがに死を覚悟《かくご》した時だ。

シギュンの秘法が、彼の命を救った。

彼女は《不運な旅にするもの《スヴァジルファリ》》のエインヘリアルであり、『ミズガルズの魔女《まじょ》』の異名を持つユグドラシルでも三指に入る秘法使いである。

その彼女が最も得意とするのが、自らの幸運を他人に分《わ》け与える秘法《ハミンギャ》、他人に降りかかる不運を肩代《かたが》わりする秘法《フィルギャ》だった。

これにより、ホムラの攻撃《こうげき》は急所を運よく外れてくれたのだ。

そしてそのまま足を踏《ふ》み外《はず》して屋根から落下。

事前に見繕って用意しておいた仮面を付けた替え玉の死体と入《い》れ替わったのである。

幸い、フヴェズルングは特徴的《とくちょうてき》な仮面で顔を隠《かく》していた。

ホムラは仮面を見て、替え玉の死体をフヴェズルングと誤認《ごにん》、運よく、信長の使者も探しに来て、フヴェズルングは窮地《きゅうち》を脱《だっ》したのである。

「まあ、あんま無茶《むちゃ》しないこったね。あんた、あたいがいなきゃ五回は死んでるよ」

「ああ、感謝しているさ」

「はっ、言葉だけじゃ何とでも言えるからねぇ？」

シギュンに鼻で笑われてしまう。

フヴェズルングは少し憮然《ぶぜん》としたが、日ごろの行いというものであろう。

「一応、本心ではあるんだがな」

「どうだか」

「ひどいな、夫の言葉が信じられないのか？」

「あんたは稀代の嘘つきだからね」

シギュンがポンポンと小気味よく遠慮会釈《えんりょえしゃく》のない言葉を返してくる。

やはりムカつく女である。

一方で、このやりとりを楽しいと感じ安心している自分もいた。

フヴェズルングは家族以外を信用しない。

だが、なんだかんだこんな嘘つきで卑怯《ひきょう》でろくでもない男を受け入れ、心から愛し支えてくれるような奇特《きとく》な女は、きっとこの世で彼女ぐらいだろう。

こんな危険なことに付き合ってくれるのも。

そんな彼女ぐらいなら信用してもいいのではないか、ふっとそう思えた。

「なあ、シギュン」

「はいはい、なんだい？」

「今、私は大変なことに気がついたぞ」

「へえ？」

「愛してるぞ」

「は、はああっ!?　い、いきなりなんだい!?」

シギュンが顔を真っ赤にして素《す》っ頓狂《とんきょう》な声をあげる。

そんな姿もまた、いとおしい。

「くくっ、この程度で何をうろたえている？　かわいいじゃないか」

「～っ！　か、からかったな！　さすがにその嘘は反則だろう⁉　こ、このろくでなし！

女心を弄《もてあそ》びやがって！」

今度は怒《いか》りで顔を真っ赤にして、シギュンはぷいっとそっぽを向いてしまう。

ちゃんと本心を告げたというのに。

まったく男心のわからない女である。

「シギュン」

「………………」

完全に拗《す》ねてしまったらしく、返事をしてくれない。

だが構わず、フヴェズルングは続ける。

「私は疲《つか》れた。少し眠《ねむ》る」

「はあっ⁉　あんたほんと勝手だな！」

「あとは頼む」

言うだけ言って、フヴェズルングはシギュンに身体を預ける。

疲れたというのは、本当だ。

急所は外れたとはいえ、腹部を刺《さ》されている。
太ももの怪我も深い。
血を少々、流しすぎた。
なんとなく、わかるものがある。
ここで意識を失えば、おそらくもう二度と戻ってこられないだろう、と。
正直、まだ死にたくはない。
甥《おい》っ子《こ》か姪《めい》っ子の顔ぐらいはせめて見ておきたかった。
だが、それはもう叶《かな》いそうにない。
まあ、仕方ない。
自分はあまりに多くの無辜《むこ》の民《たみ》を殺しすぎた。
希望を、奪《うば》ってきた。
そこに今もってなお後悔《こうかい》はないが、これがその報《むく》いというものではあるのだろう。
「おい、ルング！　起きろルング！　……ルング？」
シギュンの声が、もう遠い。
その声を子守唄《こもりうた》に、フヴェズルングは意識を手放す。
どれぐらい呼びかけたか。

シギュンは彼《かれ》の胸元《むなもと》に手を当てた後、そっと天を仰《あお》ぐ。

その瞳《ひとみ》から、一筋の涙が零《こぼ》れ落ちる。

「嘘《うそ》つき……」

to be continued

あとがき

ぎりぎり終わりませんでした（遠い目）

いや、まあ、言い訳させてもらうなら、終わらそうと思えば終わらせられたんですが、これだけ長いシリーズの最後が駆け足気味というのもそれはそれで悲しいものがあるので、もう一巻だけお付き合いいただければ幸いです。

というわけで、こんにちは、お久しぶりです、鷹山誠一です。

まあ、なんというか……新型コロナやばいですね（汗）

うちの娘なんか高校にも行けてないですよ。

数年厳戒態勢続きそうですし、ゆとり世代とかみたいにコロナ世代とか言われたらどうしようとか、やっぱ親としては心配になります。

そういう懸念もあるので、個人的には九月入学になってくれたらいいなとか考えてる今日この頃です。

気になるのは、景気ですね。

外出自粛により、当然、本屋に行く人も減っているでしょう。

自粛により電子書籍は好調というニュースは見ますが、ライトノベルは娯楽です。

経済が傾けば、当然、娯楽にお金を使える人は減るでしょう。

いろいろ先行き不安ではありますが、頑張るしかないですね。

そして、この新型コロナ。

日本人にとって国宝とも言うべき人物の命を奪っていきました。

ええ、もう皆様もご存知のように、志村けんさんです。

ちょうどこの巻の執筆中に、彼の訃報を知りました。

一瞬ポカンとして、信じられませんでした。

嘘だろって。

本当に現実感がなくて、マジで仕事が手につかなくなりました。

家族というわけでもないのに、会ったこともないのに、胸にぽっかりと穴が開いて、悲しくて悲しくて仕方ありませんでした。

けっこう締め切り間近だというのに、追悼番組とかを見まくってました。

心の整理ができなくて、そうせざるを得ない感じでした。

鷹山にとって、志村けんさんは、物心ついた時からテレビで笑わせてくれていた人でした。


ドリフ大爆笑とだいじょうぶだぁで育った世代です。

娘には、よく志村動物園を見せていたものです。

ネットを見ると、鷹山と同じように、志村ロスになっている方々がたくさんいました。

おそらく、かなりの数の日本人にとって、彼は「面白い親戚のおじさん」ぐらいの親しみを持たれていたのでしょう。

とてもすごい事です。

遅まきながらではありますが、日本の喜劇王、偉大なコメディアン、志村けんさんの冥福を心よりお祈り申し上げます。


さて！

暗い話題はこの辺にしておきましょう。

最近、ちびちびと新作を書いております。

いつ頃お届けできるか、とかそもそも書籍化できるのか、とか丸ごと全部未定ではあったりするのですが、とりあえず作者的には書いていていてとても楽しいです。

百錬は二〇一三年初頭から書き始めているので、足掛けもう七年以上になりますか。

その間に色々、作家としての気づきや成長、新技術なども得てきており、それを百錬でも活かしたりしているわけですが、やはり土台より大きな家は建たないものです。

一から今の技術でやったらどうなるだろう？

そういう試みはやはりワクワクさせられるものがあります。

最近は二シリーズ以上やっておられる方も多数おられ、鷹山も何度か挑戦はしているのですが、いまいちうまくいきません。

大半はまあ鷹山が遅筆なせいに尽きるのですが、百錬一〇巻を超えたあたりからでしょうか、どうにも執筆コストが跳ね上がった感があります。

かといってとても愛着あるシリーズでもあるので、手抜きもできません。

締め切りを破るわけにもいきません。

百錬の執筆期間に入るたび、新作の執筆は中断して、ということの繰り返しでした。

ですがいい加減、新シリーズも始めないとなぁと、本腰を入れてやっているところであります。

最近分かったことは、新作ゲームに手を出さない！

これが一番ということでしょうか。

鷹山はどうも快楽へのブレーキがとても弱いので、新しいゲームなどにはまると、ほんと一ヶ月ぐらい遊び続けるみたいなことがざらだったんですよね。

なので新作ゲームに手を出さず、既存のそこそこ飽きたゲームだけやっていると、規則正しく執筆を進められるようになりました。

一〇年目にもなって今頃気づくなよ！　って話ですが。

それでも鷹山的にはパラダイムシフトだったのです！

なんとかこの調子で一気に書き上げ、近いうちに発表したいものです。

鷹山的には百錬を超える面白いシリーズにしてやるぜ！　ぐらいの意気込みと手応えですので、こうご期待！


よし、いい加減、ページも尽きてきたので謝辞に入りたいと思います。

担当様、いろいろとヤバい進行ですみませんでした。

いつも申し訳なさと感謝で心がいっぱいです。

物語最後あたりのご指摘、とても参考になりました！

執筆で物語の海の中に潜り込んでいると、往々にして俯瞰視点がなくなるのでとても助かりました。

今後とも頼りにしてます！

イラストレーターのゆきさん先生、いつも素晴らしいイラストありがとうございます。

この本を出すにあたり、尽力してくださった関係者各位にも感謝を。

なによりこの本を手に取ってくださった読者様に心よりの感謝を！

次巻でもお会いできることを願って。

鷹山誠一

HJ文庫
882
http://www.hobbyjapan.co.jp/hjbunko/

百錬の覇王と聖約の戦乙女《ヴァルキユリア》21

2020年8月1日　初版発行

著者――鷹山誠一

発行者―松下大介
発行所―株式会社ホビージャパン

〒151-0053
東京都渋谷区代々木2-15-8
電話　03(5304)7604（編集）
　　　03(5304)9112（営業）

印刷所――大日本印刷株式会社

装丁――木村デザイン・ラボ／株式会社エストール

Printed in Japan

ISBN978-4-7986-2228-6　C0193

ファンレター、作品のご感想
お待ちしております

〒151−0053　東京都渋谷区代々木2−15−8
(株)ホビージャパン HJ文庫編集部 気付
鷹山誠一 先生／ゆきさん 先生

第5回
ノベルジャパン大賞
大賞